虹にすわる

瀧羽麻子

幻冬舎文庫

虹にすわる

魚は一匹も釣《つ》れない。

かすかな波に頼りなく揺られているうきを眺め、徳井《とくい》はひとつため息をついた。釣《ちょう》果《か》が期待を下回るのはいつものことだけれど、まったく釣れないのも珍しい。ついてない日っていうのはあるもんだ。

小さな折り畳み椅《い》子《す》に腰かけたまま、こわばった肩を回す。腰に手をあてがい、上体を後ろにうんとそらしてみる。ばら色に染まりはじめた空の端っこを、さかさまの山なみが薄青く縁どっている。

そもそも、もしもついている日だったら、こんなところでぼんやり釣りなんかしていない。

前に向き直ると、視界から山が去り、海が戻ってきた。河口の一帯はこぢんまりとした入り江になっている。西日を受けてきらめく穏やかな波の上を、白い鳥がすいすいと飛びかっている。

日々、目に映る景色の中に、山も海も川もある、それが普通だと昔は思っていた。この町を出てはじめて、そうではないと知った。東京では、少なくとも徳井が日常生活を送っていた界隈《かいわい》には、山も海も川もなかった。

どこからか、学校のチャイムを思わせる、のどかな音色が響いてくる。海沿いに建つ工場のどれかが終業時刻を迎えたようだ。もう一度伸びをして、徳井は竿《さお》に手をかけた。これ以上ねばってもむだだろう。

帰り支度をはじめたところで、堤防《ていぼう》の先に陣《じん》どっていた釣り人たちが、ぞろぞろとこちらへ戻ってきた。

六人、いや七人いる。皆、年齢は徳井の倍をゆうに超えているだろう。そろってみごとに日焼けして、つばのついた帽子《ぼうし》をかぶり、右手に釣竿《つりざお》、左手に魚籠《びく》やバケツを持っている。徳井はうつむいてやり過ごした。しんがりのひとりがぶらさげたバケツの中に、銀色の魚が大量に投げこまれている。無数のうつろな目に見つめられて、思わず顔をそむける。

こんなにも釣れなかったのは、場所のせいだったのかもしれない。若い者が平日の昼間からなにをしてるんだと眉《まゆ》をひそめられるのがいやで、先客たちと距離を置いたのだった。このあたりでは都会と違い、特に年配の人々は、見慣れぬ他人に出くわすと露骨に好奇や不審の目を向けてくる。そのぶしつけな視線が、徳井にはどうにも落ち着かない。

どのみち、最後の最後に、白い目で見られてしまったけれども。

おれも、ふだんはちゃんと働いてますよ。彼らの背中に向かって、徳井は胸の中で言い訳する。今日はたまたま、ぽっかり時間が空いただけなんです。

徳井はふだん、ちゃんと働いている。修理屋として。

考えてみれば、修理屋という職業は、釣りと少し似たところがある。客が――魚が――やってくるのをひたすら待つしかないところとか、どんな仕事が入るか――どんな魚が釣れるか――前もってわからないところとか、その報酬――魚の大きさや味――がまちまちなところとか。

じいちゃん、つまり徳井の祖父が、十年ばかり前にはじめた仕事である。

じいちゃんはもともと、仏壇《ぶつだん》を作る職人だった。六十代半《なか》ばで引退した後も、仏壇の修繕や手入れは請《う》け負《お》っていた。そのうちに、手先が器用なのを見こまれ、行く先々であれこれ他の仕事も頼まれるようになったらしい。

　家具や電化製品の修理から、家屋のちょっとした修繕まで、商売というより人助けに近い感覚で、じいちゃんは幅広く引き受けてきた。過疎というほどではないものの、着々と高齢化の進んでいるこの近辺では、そういうときに頼れる男手がない家庭も多い。徳井が客先に出向くようになってからは、庭の手入れやら、粗大ごみの処理やら、もはや修理屋よりなんでも屋と名乗ったほうがいいような力仕事も、ちらほら舞いこんでくる。

　今日の午後にやるはずだった仕事は、網戸《あみど》の修繕だった。

　約束の時刻きっかりに客の家に着いたところまではよかったが、何度呼び鈴《りん》を鳴らしても応答がなかった。先方とやりとりしていたのはじいちゃんなので、徳井は自宅に電話をかけてみた。

「留守？」

　じいちゃんは低くうなった。しゃがれ声とぶっきらぼうな口ぶりは、いらだたしげにも聞こえるけれど、腹を立てているわけではない。ただ事実を確認しているだけである。

　電話ばかりではない。じいちゃんには相手の目をじいっと見据《みす》える癖《くせ》があり、面と向かって喋《しゃべ》っているときも、単なる質問が詰問《きつもん》めいた響きを帯びる。幼い頃、徳井はじいちゃんからなにかたずねられるたびに、反射的に背筋が伸びたものだった。

「ほんとに今日なんだよね？」

　徳井がなにげなく聞くと、

「五月十日、午後二時。間違いない」

　今度は、明らかに不機嫌そうな声が返ってきた。年齢も年齢だし、覚え違いかもしれないとちらりと疑ったのが、電話越しにも伝わってしまったのだろう。そういうところは鋭いのだ。

　結局、じいちゃんは間違っていなかった。

　教えてもらった携帯電話の番号に徳井が連絡したら、上品そうな年配の女性が出た。約束は明日だと勘違《かんちが》いして、街へ買いものに出てしまっているという。申し訳なさそうに謝られ、急いで帰りましょうかとも言われたが、出直すことにした。幸か不幸か、明日の午後も予定はけっこう空いている。

徳井はまた家に電話をかけ直した。今から帰ると告げたところ、せっかくだから晩めしまでのんびりしてこい、とじいちゃんにすすめられた。

そんなことを言われても、行くあてなどない。徳井はパチンコをやらない。ひとりでショッピングモールをうろつくのも気が進まない。ここらでまとまった時間を過ごせる場所といえば、その二択になる。

それでも断らなかったのは、家でごろごろしていて、田舎《いなか》がたいくつでひまを持て余しているとじいちゃんに誤解されたくなかったからだ。東京にいた頃も、とりたてて趣味を持たない徳井は、休日はたいていアパートでだらだらとテレビを観《み》ているばかりだったのだが。

電話を切った後で、三つめの選択肢を思いついたのだった。公私兼用で使っている軽トラックに、釣り道具一式が積んである。

釣竿と空っぽのバケツを荷台に放りこみ、家に向けて出発した。川沿いを山のほうへとさかのぼっていけば、三十分もかからない。

かからない、はずだった。いつもなら。言い換えれば、ついてない日でなかったら。

十分ほど走り、市街に入ったところで、渋滞に巻きこまれた。このあたりは車社会なので、朝晩の通勤時間帯にはおそろしく道が混む。おまけに、近くで事故があったようだ。

のろのろと進む車の列に連なって、徳井は車内のデジタル時計に目をやった。この調子では、六時までに着けないだろう。夕食がいつもより遅くなってしまう。じいちゃんも心配するかもしれない。

電話を入れておきたいところだが、そうもいかない。運転中はなにがなんでも集中する、というのが徳井家の家訓である。

じいちゃんは気難しげに見えて、徳井の行動にあれこれ口を出してくることはめったにない。昔から、孫に向かって細かい注意や小言を口にするのは、もっぱらばあちゃんの役目だった。

が、こと運転に限っては、じいちゃんはものすごく厳しい。

地元に戻ってきたばかりの頃、じいちゃんを助手席に乗せて走っている最中に、こっぴどくしかられたことがある。赤信号にひっかかったので、携帯電話を取り出して確認しようとしたら、よそ見するな、とぴしゃりと手の甲をはたかれた。なにもたたくことはないじゃないかと抗議しかけて、徳井は口をつぐんだ。進行方向をにらんでいるじいちゃんの横顔が、あまりにも険《けわ》しかったから。

徳井の両親、じいちゃんにとっての息子夫婦は、交通事故で死んだ。家族三人が乗っていた自家用車に、脇見《わきみ》運転のトラックが突っこんできたのだ。運転席と助手席の両親は即死で、後部座席でチャイルドシートに座らされていた徳井だけが助かった。一歳になったばかりだったから、なんにも覚えていない。事故のことも、両親のことも、三人で暮らしていた家や街のことも。

クラクションの音で、徳井はわれに返る。すぐ前にいたはずのタクシーが、車二台分ほど遠ざかっていた。

いくらか車の流れがよくなっている。事故の後処理が終わったのかもしれない。注意深くアクセルを踏みながら、誰も死んでませんように、となんとなく思う。事故に遭《あ》った本人たちのためにも、それから、彼らの家族のためにも。

市街を抜けてしまえば、交通量はぐんと減った。安全運転を心がけつつも、徳井は快調に走った。大型ショッピングモール、家電量販店、ファミリーレストラン、ありふれた郊外の風景が窓の外を流れていく。県道をはずれると道幅は一気に狭くなる。

右手に広がる畑は藍色《あいいろ》の闇に沈み、左にはぽつぽつと民家のあかりがともっている。ほどなくして、ツツジの生垣《いけがき》に囲まれた平屋が見えてきた。窓から黄色い光がこぼれている。

庭の一隅にあるガレージに車を停《と》めるため、いったん門の前を通り過ぎようとして、徳井はとっさにブレーキを踏んだ。助手席のほうに身を乗り出し、目をこらす。小さな、けれど鮮やかなオレンジ色の光が、門の傍《かたわ》らにぽちりと浮かんでいる。それがたばこの火だということと、黒い人影が道端にうずくまっていることを、徳井はほぼ同時に認識した。

人影がむくりと立ちあがった。ばんざいするように両手を高く上げ、ゆらゆらと振る。薄暗い中、おぼろげに顔が見えた。

「魚住《うおずみ》?」

徳井はハンドルを握りしめたまま、ぽかんとした。

見間違いではなかった。車のほうへ歩み寄ってくるのは、やっぱり魚住だ。わけもわからず、窓を開ける。煙のにおいが鼻をかすめた。

「徳井さん、ひさしぶり」

喫《す》いさしのたばこを片手に持った魚住は、にこにこして言った。


いしやま食堂は、いつものとおりにぎわっていた。

「いらっしゃい」

これもいつもと同じく、愛想《あいそ》よく迎えてくれた菜摘《なつみ》は、徳井の背後に視線を移してわずかに目を見開いた。

「こんばんは」

菜摘に負けず劣らず愛想よく、魚住が言った。

「大学の後輩」

徳井は簡単に紹介した。菜摘がすばやく笑顔を作り直し、こんばんは、いらっしゃいませ、と魚住に会釈《えしゃく》した。

テーブルが三つとカウンター六席の小さな食堂では、ひとり娘の菜摘が接客、両親が厨房《ちゅうぼう》を担当している。菜摘は徳井と同い年で、幼稚園から高校までずっと一緒だった。じいちゃんと菜摘の祖父も同級生だそうで、そんな縁もあって、昔からここをたまに利用していた。

いしやま食堂にじいちゃんが足繁《あししげ》く通うようになったのは、三年前にばあちゃんが死んでからだ。

じいちゃんは料理を一切しない。朝と昼はできあいのもので軽くすませ、夜はいしやま食堂でたっぷり食べるという食生活が定着したと聞いて、当時まだ東京で働いていた徳井はほっとした。ひとりぼっちになってしまった祖父を、気心の知れた石山家の人々がそれとなく見守ってくれるのは心強かった。

今では孫の徳井も加わって、いしやま食堂は文字どおり徳井家の台所となっている。定休日の日曜を除き、毎日この店で夕食をとる。ときどき、じいちゃんが裏庭で育てた野菜や、もらいものの食材も持参している。修理を請け負った客先で、謝礼も兼ねて、収穫した米や釣った魚なんかを土産《みやげ》に持たされることがわりとあるのだ。調理してもらって一部を食べ、残りは石山家の三人や居あわせた客たちにもおすそ分けしている。

「こちらにどうぞ」

ふだん座っているカウンターではなく、四人がけのテーブルを、菜摘はすすめてくれた。徳井と魚住が並び、向かいにじいちゃんが腰を下ろした。食事中の客たちが、ちらちらとこちらを気にしている。知っている顔ばかりだ。徳井の家から徒歩五分、住宅地の真ん中にあるこの店には、基本的に近所の住人しかやってこない。よそ者は目立つ。

そうでなくても、魚住の風体《ふうてい》は目をひく。ふわふわした栗色《くりいろ》の癖っ毛をあごのあたりまで伸ばし、ギターをかき鳴らすゴリラの絵がでかでかとプリントされた明るいピンクのTシャツに、黄緑の地に白い水玉模様の入ったハーフパンツを合わせている。足もとのスニーカーはくすんだ金色、ひもはTシャツと同じピンクだ。

徳井にはとうていまねできない奇抜な格好でも、まずまず様になってしまうのは、小柄ながら頭が小さく均整のとれた体つきと、彫りの深いおもだちのおかげだろう。そういえば大学時代、この町へ遊びにきた魚住をばあちゃんにひきあわせたとき、後から遠慮がちに「外人さん？」と聞かれた。

夏休みだった。

帰省する徳井に、魚住がくっついてきたのだ。数日だけ泊める予定だったのに、すっかりここが気に入って、ひと月近くも居座った。東京で生まれ育った魚住には、自然豊かな地方の暮らしが珍しかったらしい。景色も食事もことごとく絶賛し、いいなあ徳井さん、おれもここんちの子になりたいよ、とおおげさにうらやましがってみせては、ばあちゃんを喜ばせていた。

魚住がわざわざ東京から何時間もかけてやってきたきっかけは、じいちゃんだった。徳井がなにかの雑談のついでに、祖父は仏壇職人だと話したところ、即座に食いついてきた。

「仏壇職人⁉　すごいな、会わせてよ。本物の木工職人と話してみたいって、ずっと思ってたんだ」

「いいけど、期待に応《こた》えられるかどうかはわかんないよ」

浮かれている魚住に、徳井は釘《くぎ》を刺した。じいちゃんは、顧客や近所の顔見知りからは信頼されているけれど、決してひとあたりがいいとはいえない。孫の後輩とはいえ、初対面の学生の世話を、かいがいしく焼こうとするとも思えない。魚住は魚住で、年嵩《としかさ》の人間に好まれるような礼儀作法を心得ているわけでもない。年上の徳井に対しても、かろうじてさん付けで呼ぶくらいで敬語は使わない。こんなのになれなれしくつきまとわれたら、じいちゃんはうっとうしがるかもしれない。

案《あん》の定《じょう》、魚住はじいちゃんにつきまとった。徳井ははらはらして見守っていたが、じいちゃんもそれなりに相手をしてくれた。作業場を見学させてやったり、なじみの製材所に連れていったりもしていた。魚住がしきりに感激してみせるので、まんざらでもなかったのかもしれない。

「じいちゃん、すげえ」

「匠《たくみ》の技《わざ》やべえ」

「この細工とか、神？　あ、仏壇だから、仏？」

好奇心と尊敬のこもった魚住のまなざしは、徳井に昔の自分を思い出させた。「じいちゃんは仏様のおうちを作ってるんだよ」とばあちゃんに教わり、すごい、と歓声を上げた幼い孫に、じいちゃんは珍しく照れくさそうに微笑《ほほえ》んでみせた。

じいちゃんが魚住にぽつりぽつりと語る中には、徳井の知らない話もあった。思い返してみれば、祖父の仕事について、徳井から突っこんだ質問をしたことはほとんどなかった。職人としての気概と情熱は子どもにも感じとれ、いわば聖域めいた印象があって、家族といっても気軽に踏みこむのははばかられた。ところが、他人の魚住は、気安くずんずん奥へ分け入っていく。じいちゃんが気を悪くする様子もない。

これからは、もっといろいろ聞いてみてもいいかもしれない。徳井がひそかにそう考えていたところへ、引退する、とじいちゃんは唐突に宣言した。

つまりあれは、じいちゃんが仏壇職人として働いていた、最後の夏だったのだ。確か徳井が大学三年生、ひとつ年下の魚住は二年生だった――ということは、もう十年も前の話になる。

頭の中で計算し、徳井は軽くめまいを覚える。あの頃から魚住の服装は派手だったけれど、拍車がかかっている感がある。一般的には、社会人になればおとなしくなるはずなのに、逆じゃないか。世間の常識にとらわれないという意味では、魚住らしいといえなくもないが。

「おれ、とりあえず生ビールで」

おしぼりを持ってきた菜摘に、魚住は屈託《くったく》なく言う。

「じゃあ、おれも」

菜摘に目で問われ、徳井も注文した。この店で酒を飲むのは何年ぶりだろう。じいちゃんは一滴も飲まないし、徳井自身も強いわけではないので、いつもは水か茶ですませている。

「じいちゃんは？」

魚住がたずねた。

「水でいい」

「ええっ？　そっか、そういや飲まないんだっけ？」

目をまるくしてふたりの会話を聞いていた菜摘が、気を取り直したように一礼してテーブルを離れた。

あっけにとられるのも無理はない。やりとりだけ聞けば、まるで魚住もじいちゃんの孫みたいだ。十年前も、ほうぼうで間違われていた。

「じいちゃん、全然変わんないね。もう八十でしょ？　たいしたもんだよなあ」

「七十七だ」

「ああそうか、ごめんごめん。でも元気そうでなにより。徳井さんは、ちょっと太った？」

「うるさいな」

「最後に会ったのっていつだっけ？　電話では話したよね、去年か、おととしか」

「去年の春だよ。こっちに引っ越してくる直前に、連絡くれたよな」

話しているところに、菜摘が飲みものを運んできてくれた。ついでに手早く食事の注文もすませる。

「じゃあ、乾杯《かんぱい》。再会を祝って」

魚住が高らかに音頭をとり、白い泡でふたをされたジョッキをかかげた。じいちゃんのコップと徳井のジョッキに、順に打ちつけてくる。

冷たいビールをひとくち飲んで、徳井は魚住に再び問いかけた。

「で、どうして来たんだ？」

先ほど、家でもした質問だった。じいちゃんと徳井さんに会いたかったから、と魚住はふざけた返事をよこした。はぐらかされて納得したわけではなかったが、腹へって死にそう、積もる話はめし食いながらできるでしょ、と哀れっぽく訴えられて場所を移したのだ。

「さっきも言ったでしょ。じいちゃんと徳井さんに会いた……」

「真剣に答えろって」

徳井はため息まじりにさえぎった。

大学時代から、魚住は万事この調子だった。なんというか、まじめになれない性分なのだ。周りからまじめと評され、そう自覚もしている徳井とは、対照的といってもよかった。魚住とふたりでいると、不思議な組みあわせだと共通の知人からよく意外がられたものだ。

徳井が魚住と出会ったのは、理工系学部の選択科目のひとつとして指定されていた、木工の授業だった。前期は主に座学、後期は実習で木製家具を作る。建築学科の徳井にとってはやや畑違いなので、一年生のときは履修《りしゅう》を見あわせたが、仏壇職人の孫としてはやっぱり興味をおさえきれず、翌年にあらためて受講した。

造形学科の魚住は毎週欠かさず最前列に陣どって、教官にあれこれ質問していた。ずいぶん勉強熱心な学生がいるんだな、というのが徳井の抱いた第一印象だった。これ以外のほとんどの講義はろくに出席さえしていないと知るのは、もう少し後になってからの話である。

「承知しました、では真剣に。魚住光《ひかる》、折り入っておふたりにお願いが」

魚住がジョッキを置き、わざとらしく居ずまいを正した。芝居がかった目つきで、徳井とじいちゃんを交互に見る。

「ここにしばらく置いてもらえないでしょうか？」

徳井はビールをこぼしそうになった。

「ここって？」

「徳井さんちに。ほら、大学のときみたいにさ」

「だってお前、仕事は？」

魚住は大学を卒業した後、一般企業には就職せず、東京郊外にある有名な家具工房に弟子入りした。前に会ったときも、日々修業中だと得意そうに言っていた。中堅の住宅メーカーに入社したものの、大学の専攻とはほぼ関係のない営業職として働いていた徳井に、もったいないよな、ほんとにその仕事で満足なの、と憐《あわ》れみの目すら向けてみせた。

「大丈夫。辞めたから」

魚住はしれっと答える。

「辞めた？　なんで？」

徳井はぎょっとした。工房では住みこみで働いていたはずだ。仕事と住まいを同時に失って、ちっとも大丈夫じゃないだろう。

「なんかもう、やんなっちゃったんだよね。親方、ばかみたいに厳しくて。しごかれるばっかりで、いつまで経《た》っても思うようにやらせてもらえない」

魚住が肩をすくめ、がばりと頭を下げた。

「どうか、お願いします。ここに置いて下さい」

徳井は返事に詰まり、魚住の頭のてっぺんを見下ろした。やわらかそうな髪が、つむじを中心に渦潮《うずしお》のようにうねっている。

「他に行くあてないし、金もないし」

「だからってお前……そうだ、実家は？」

「あそこに戻るくらいなら野宿する」

魚住は顔をゆがめて言いきった。

そういえば学生時代から、魚住は両親と折りあいがよくなかった。大手の銀行に勤める父親は、息子が造形学科に進むのに猛反対していたそうだ。母親もその言いなりで、家具工房に弟子入りした後は、実家とは絶縁同然らしい。

「ねえ、一生のお願い。食費くらいは、はらうから。徳井さんの仕事も手伝うよ。おれなりに腕は上げたんだよ」

魚住の一生のお願いは、以前から何度となく聞いている。だがそれよりも、最後のひとことのほうがひっかかった。

「腕？」

魚住が勢いよく顔を上げた。

「徳井さんには負けるかもしれないけど、工房でもいろいろ習ったからね。学生の頃と比べたら、全然違うよ。きっと驚くと思う」

徳井はじいちゃんと顔を見あわせた。

「ちょっと待て」

夢中で訴えかけてくる魚住を、手で制した。

「魚住、お前、なにを手伝うつもり？」

「なにをって、徳井さんの家具作りを。おれ、ひととおり作れるよ」

魚住は子どもみたいに頬《ほお》を染め、前のめりになって言い募《つの》る。

魚住のすっとんきょうな大声は、食堂中に響きわたった。

「修理屋!?」

鶏《とり》のからあげと海鮮サラダを運んでこようとしていた菜摘が、テーブルの手前でびくりと足をとめた。

「徳井さん、家具作ってるんじゃないの？」

「作ってないよ」

徳井は小声で否定した。周りから注がれている視線が痛い。

「去年、電話で話さなかったか？」

聞いたそばから、頭の中では答えが出ていた。話していない。

あのとき魚住は酔《よ》っぱらっていた。なんでも、大学の同期との飲み会で、徳井のうわさを聞いたらしい。ついに帰るんだ、よかった、ほんとにおめでとうございます。この町をいたく気に入っていただけあって、ろれつが回らないながらも、祝福の言葉には心がこもっていた。ありがとう、とだけ徳井は答えた。

「聞いてない」

魚住は憤然《ふんぜん》として唇《くちびる》をとがらせている。なぜ勘違いしたのか、徳井にもすでに見当はついていた。

発端《ほったん》は、これまた十年前の夏にさかのぼる。

東京へ戻る少し前に、徳井は魚住を市内観光に連れていった。仏壇ばっかりじゃあんまりじゃないの、せっかくだからきれいな景色も見てもらいなさいな、とばあちゃんに命じられたのだ。ばあちゃんのおすすめは、ロープウェイだった。終点の山頂から街が一望でき、地元ではちょっとしたデートスポットにもなっている。とってもロマンチックなのよ、とばあちゃんは魚住に向かって太鼓判《たいこばん》を押した。

「ロマンチックもなにも、男どうしじゃなあ」

ロープウェイ乗り場で、徳井はぼやいた。魚住がきょろきょろと左右を見回す。

「てか、おれたち、つきあってるように見えたりして？」

「いやいやいや、勘弁《かんべん》して」

「こっちこそ勘弁だよ」

ふたりでロープウェイに乗りこむところを菜摘の母親に目撃されていたことは、後日判明する。もっとも、ご近所に流れたうわさは、徳井たちの懸念《けねん》したそれとは少し違い、「律《りつ》ちゃんがおしゃれな女の子とデートしてた！」というものだった。小柄で髪の長い魚住が、遠目には女の子に見えたらしい。またたくまに広まった誤解を、徳井はいちいち訂正して回るはめになった。

しかしその時点では、そんな騒動が起きるとは知る由《よし》もなかった。

平日だったからか、山頂は空《す》いていた。広々とした展望台から、徳井は故郷の街を見下ろした。よく晴れた日だった。市内を横切って流れる幾筋《いくすじ》もの川にも、その先に広がる海にも、光の粒がまぶされていた。

「きれいだなあ」

隣で景色に見入っていた魚住が、ぽつりと言った。何度もここへ来たことがある徳井の目にも、晴れわたった街なみは確かに美しかった。

「徳井さん、仏壇職人は継《つ》がないの?」

展望台の柵《さく》にだらりと両手をひっかけて寄りかかり、魚住は続けた。脈絡《みゃくらく》のない質問にいささか戸惑《とまど》いつつ、徳井は首を横に振った。

「継がないよ」

「なんで?　じいちゃんも喜ぶんじゃないの?」

「じいちゃんが、やめとけって言ってる」

じいちゃんみたいな職人になりたい、と徳井も子どものときには考えていた。けれど当のじいちゃんが、きっぱりと反対した。仏壇の需要は減る一方だろうし、高性能の機械が続々と開発されて、今どき職人というのもはやらない。もっと将来性のある職業を選んだほうがいい。

「ふうん。じゃあさ、仏壇じゃなくて家具作れば？」

「家具？」

考えたこともなかった。

「こういうのんびりしたところで、こつこつ椅子作れたら最高じゃない？」

魚住は学生の頃から、椅子職人になりたいと公言していた。

「確かに、家具ならどこでも作れるよな。東京にいる必要はないかもな」

適当に話を合わせたものの、徳井はそこまで深く考えていたわけではなかった。ただ単純に、そういう人生もあるんだな、と他人《ひと》ごとのように感心していた。

卒業後の進路について、徳井にこれといった心づもりはなかった。普通に就職して、会社員になるのだろう、と漠然と考えているくらいだった。早くも未来の目標を見据《みす》えている魚住が、ちょっとまぶしくもあった。日頃は頼りなくて危なっかしい後輩が、椅子について語るときだけは、いつになくおとなびて見えた。

「よし、決まり」

魚住がぱちんと手を打った。

「いつか、このへんで椅子の工房やろうぜ。おれと徳井さんで」

「工房？　そんな、無理だろ」

「もちろん、すぐには無理だけど。お互い、どこかでちゃんと修業して、一人前になってから」

おおまじめに言う。なんとなく水を差しづらく、徳井はあいまいに答えた。

「まあ、そういうのもありかもな」

「やった」

魚住がこぶしを振りあげ、そのまま腕を前に伸ばして眼下を指さした。

「じゃ、ここ集合で」

しばらくの間、ふたり並んで、光のあふれる街を眺めた。


菜摘はにらみあっている徳井たちとは目を合わさずに、料理の皿をテーブルにすばやく並べ、そそくさと離れていった。

「とりあえず、冷めないうちに食おうや」

徳井はからあげに添えてあるすだちをしぼった。柑橘《かんきつ》のすがすがしい香りが広がる。あらゆる料理に、この地方の名産であるすだちを存分に回しかけるのが、いしやま流である。

「ここのからあげ、ほんとうまいぞ」

魚住はまだなにか言いたそうだったが、空腹には勝てなかったようで箸《はし》をとった。からあげをひとつ口に放りこむ。

「うまっ」

「な？　腹へってるんだろ、たくさん食えよ」

魚住はもぐもぐ口を動かしつつも、ごまかされまいとばかりに、じっとりした上目遣《づか》いで徳井を見ている。じいちゃんは会話には加わらず、無言でサラダに箸を伸ばした。

「じゃあ徳井さん、どうしてこっちに戻ってきたわけ？」

できるだけ時間をかけてからあげを咀嚼《そしゃく》しながら、徳井は答えを探す。その問いは、これまでにも幾度《いくど》となく投げかけられてきた。東京を離れたときも、こちらで知りあいと顔を合わせたときも。

「それはまあ、いろいろあって」

この抽象的な返事で納得する者もいれば、もっと掘りさげようとする者もいた。

「いろいろって、なんだよ？」

魚住がふくれ面でまたひとつからあげをつまみ、腕を組む。

「いろいろは、いろいろだよ」

修理の仕事も辞めようかと思う、とじいちゃんから切り出されたのは、おととしの年末に帰省した折のことだ。

仰天した。体が動くうちはずっと働きたいと、じいちゃんはつねづね言っていた。ということは、どこかぐあいが悪いのか。別にたいしたことじゃないと言葉を濁《にご》すじいちゃんを、徳井は辛抱《しんぼう》強く問いただした。

近頃は手が震えて細かい作業ができないときがある、とじいちゃんはしぶしぶ白状した。日常生活には今のところ支障はないが、中途半端《はんぱ》な仕事をするのはいやだから、いっそ潔《いさぎよ》く隠居したい、と。

医者ぎらいのじいちゃんは病院にも行っていなかった。徳井がなだめすかして連れていき、検査の結果、悪い病気ではなく加齢による症状だと診断された。一度は胸をなでおろしたものの、「いわゆる老化現象ですね」と告げた医師の乾いた声は徳井の耳にこびりついた。

じいちゃんは日に日に老いている。なるべく考えないようにしていた当然の事実を、突きつけられた気がした。病院の待合室で背をまるめて座るじいちゃんは、ひどく小さく縮んで見えた。

「おれ、こっちに戻ってこようか?」

徳井が言うと、じいちゃんは即答した。

「いい。大丈夫だ」

ばあちゃんが死んだ直後にも、似たようなやりとりがあった。そのときはじいちゃんに押しきられた。いわく、体はどこも悪くないし、ひとりでもちゃんと生活していける。仕事があるからたいくつもしない。そもそも、お前自身の職はどうするのか。帰ってきたとして、適当な働き口が見つかるとも思えない。徳井がなおも食いさがろうとしたら、年寄り扱いするな、としまいには怒り出した。よけいな心配をしてるひまがあったら、東京でしっかり稼《かせ》げ。

しかし状況は変わった。

じいちゃんの体は少しずつ弱っている。徳井がじいちゃんのかわりに修理の仕事をこなせば、ふたり分の生活費くらいは十分まかなえるだろう。じいちゃんとまったく同じようにはいかないかもしれないけれど、徳井だって手先は器用なほうだ。若い分だけ体力もある。

「東京暮らしも、そろそろいいかなって気もしてたからな」

一年前にじいちゃんにした言い訳を、徳井は繰り返す。

「なんだ。おれ、徳井さんがやっと家具作る気になったんだとばっかり」

勝手に早合点《はやがてん》したくせに、魚住は不服そうに言った。

「まあいいや、しょうがない。とりあえず修理屋を手伝うよ」

「いや、仕事を手伝う手伝わないの問題じゃなくて。別に人手も足りてるし」

結局、今もじいちゃんは完全に引退はしていない。客先に出向いてその場で対応する仕事は徳井が引き受けているが、預かって修理する家電や小型の機械類は、よほど細かい作業でない限り、じいちゃんも手伝ってくれる。じいちゃんの指示に従って、徳井が手を動かすこともある。なじみの顧客とのやりとりも引き続きじいちゃんの担当だ。

「ねえ、じいちゃん」

徳井は助けを求めるつもりで、黙々と食事を続けているじいちゃんに声をかけた。かつて徳井をたしなめたように、魚住にもびしっと説教してもらいたい。お前の居場所はここじゃない。おとなしく東京に帰れ。じいちゃんから諭《さと》されれば、魚住も耳を貸すかもしれない。

じいちゃんが箸を置き、ごほんと大きな咳《せき》ばらいをひとつした。徳井も魚住も口をつぐんだ。

「部屋は、余ってる」

じいちゃんはぼそぼそと言った。

「ありがとう、じいちゃん！」

魚住がテーブル越しに腕を伸ばし、じいちゃんの手をとった。

翌朝、魚住はなかなか起きてこなかった。

朝食を用意するのは徳井の役目だ。用意といっても、食パンを焼いて牛乳とヨーグルトを冷蔵庫から出すだけだから、五分とかからない。魚住の分は、ひとまず皿とコップだけ食卓に並べておくことにした。

「好きなだけ寝かせとこう」

トーストをかじりながら、じいちゃんが言った。

「うん」

徳井もそのつもりだった。

ゆうべ家に戻った後、魚住が風呂に入っている間に、徳井はじいちゃんに文句を言った。

「ちょっと甘やかしすぎなんじゃない？」

じいちゃんは眉間《みけん》にしわを寄せて、徳井を見つめた。

「律、あいつの顔見たか？」

なにを言われているのか、徳井にはのみこめなかった。見ていないわけがない。ついさっきまで、隣で食事をしていたのだ。

「見たけど？」

「正面から、ちゃんと見てみろ」

徳井は半信半疑で、風呂からあがってきた魚住をこっそり観察した。そうして、じいちゃんの言葉の意味を理解した。

魚住はやつれていた。心なしか頬がそげ、目にも力がない。食事中は話に夢中だったせいか特段なにも感じなかったが、蛍光灯《けいこうとう》の下であらためて眺めてみると、憔悴《しょうすい》ぶりは明らかだった。長旅をしてきた上、泊まる場所が確保できて気が抜けてもいたのだろう。

いずれにしても、元気のない魚住というのは珍しく、むげに追い返さなくてよかったと徳井は内心思った。あこがれの工房に職を得て、魚住がどんなに喜んでいたかはよく覚えている。いやになって辞めただなんて、子どもじみた言い分だとあきれたけれど、それでも長年勤めてきたのだ。魚住なりに考えるところもあるのだろう。この機会に、しばらく休養するのも悪くないかもしれない。

徳井が家を出る時間になっても、魚住はまだ起きてこなかった。情けない声で電話がかかってきたのは、昼さがり、ひと仕事を終えた頃合だった。

「寝坊しちゃった。すいません」

「今日はもういいよ。家でゆっくりしてろ」

次の仕事は、前日から持ち越しになった網戸の修繕である。もとからひとりでやるつもりだったし、魚住がさほど役に立つとも思えない。

正直にいって、魚住が修理の仕事に向いているかは疑わしい。大学時代から細かい作業は苦手だった。木工実習の課題として作る家具や小物も、図面どおりにしあがらなくても気にせず、これはこれで味があるよね、と開き直っていた。どちらかといえば、手先ではなく性格の問題かもしれない。不器用というよりは雑なのだ。

徳井のほうは、木材の接合部《せつごうぶ》や板の断面なんかが、ほんのわずかでもずれたりゆがんだりしようものなら、気持ちが悪くてしかたなかった。見るに見かねて、魚住の作品を手直ししてやったこともあった。

「いや、行く。徳井さんを手伝う」

魚住は譲らない。

「いいって。明日また手伝ってくれればいいから」

「いや、おれも行く」

押し問答の末に、徳井は家に寄って魚住を拾ってから客先へ向かうことにした。せっかく本人もはりきっているのに、かたくなに断るのも気がひける。仮にも家具職人として経験を積んできて、学生の頃よりは手作業も得意になっているはずだ。網戸の修繕でそこまで神経質になる必要もないだろう。

軽トラックに乗りこんできた魚住は、よく眠ったせいか、昨晩よりはだいぶ元気そうだった。

「軽トラに乗るのも十年ぶりだあ」

助手席ではしゃいでいる魚住を横目に、おれもたいがい甘いよな、と徳井は苦笑してしまう。これじゃあ、じいちゃんのことを言えない。


昨日は失礼しました、と恐縮しながら迎えてくれたのは、徳井が電話の声から想像したとおり、上品なおばあさんだった。

案内された部屋は、奥が一面窓になっていた。新緑で彩られた庭が見渡せる。おばあさんは窓に近づき、腰の高さの一点を指さした。

「これなんですけど」

徳井は彼女の手もとをのぞきこんだ。ガラスの外側にはまっている網戸に、無残な穴が開いている。

「うわ、ひでえな」

無遠慮《ぶえんりょ》な声を上げた魚住を、徳井はひじで突いた。幸い、おばあさんは気分を害する様子もなく、深くうなずいている。

「ひどいでしょう」

なんでも、ゴールデンウィークに帰省した娘夫婦が、飼い猫も連れてきたのだという。人間たちが目を離したすきに、網戸にとまった蝶《ちょう》をめがけて飛びかかり、惨事が起きた。

「猫はいろいろだめにしちゃいますよね。うちの実家も飼ってたから、わかります」

魚住が言う。

「そうなの。お正月はソファで爪をといでね。ほら、そこの柱の傷もよ」

「いつもならともかく、たまにだとゆだんしちゃいますしね」

「そうそう。でもねえ、あんなにかわいがってるのに、連れてくるなとも言えないでしょう?」

なにやら話がはずんでいる。徳井はこういう雑談が不得手《ふえて》なので、魚住が引き受けてくれるのは助かる。その間に、あらためて網戸の穴を確認した。破れた箇所をふさぐより、全部張り替えてしまったほうがよさそうだ。

作業は広い場所のほうがやりやすい。網戸をとりはずし、横向きに寝かせて、魚住とふたりで両側から持ちあげて庭に運んだ。

「そうっとな」

「はあい」

息を合わせ、じりじりと腰を落として地面に置こうとしたところで、魚住が妙な声を上げた。

「ひゃっ」

急に網戸から手を離して、後ろへ飛びのく。徳井は体勢をくずしそうになり、かろうじて踏んばった。網戸を地面に横たえ、顔を上げる。

「ちょっと、なにやってんだよ?」

魚住は片手をちぎれんばかりに激しく振り回していた。

「手に! 虫が! 手に!」

しどろもどろに訴える。よく見たら、手の甲に鮮やかな黄緑色のものがへばりついている。

徳井は涙目になっている魚住に歩み寄り、毛虫をつまみあげて、そのへんにぽいと放った。頭上に張り出しているこずえをあおぐ。

「この木についてたのかな」

魚住は返事もせず、毛虫のくっついていた手の甲をTシャツの裾《すそ》でごしごしとこすっている。そういえば前回の滞在中にも、家のどこかで虫と遭遇するたび、毎度けたたましい金切声《かなきりごえ》を上げては徳井を呼びにきていた。

「お前、そんなんじゃ、ここでは暮らせないよ。東京とは違うんだから」

「あら、東京の方《かた》なの？」

部屋の中からふたりを見守っていたおばあさんが、口を挟《はさ》んだ。

「はい」

と答えた魚住から、網戸のそばに道具を広げはじめた徳井へと視線をずらし、小首をかしげてみせる。

「もしかして、ご兄弟？」

「そう見えます？」

魚住はなぜかうれしそうだ。

「違います」

徳井は即刻否定した。冗談じゃない。

魚住にも手伝わせ、古い網を枠からはずす。毛虫の再来におびえる魚住が上ばかり気にしているので、ひどくやりにくい。それでもなんとか終わらせて、新しい網を張ろうとしていると、折悪《おりあ》しくどこからか虻《あぶ》が飛んできた。

「うわあ、蜂《はち》、蜂、蜂」

魚住が悲鳴を上げ、両手をめちゃくちゃに振り回して逃げまどう。

「お前はもういいよ」

庭中を駆け回ったあげく、土の上にしりもちをついた魚住を見下ろして、徳井は言い渡した。

明くる日からは、魚住も無理やり徳井についてこようとはしなくなった。手伝うどころか足手まといになったとさすがに自覚したようだ。しばらく休んだらいいと徳井からもすすめた。この季節は屋内外にかかわらず虫が活気づくのだとおどしておいたのも、いくらか効いたのかもしれない。

平日の日中、魚住は主にじいちゃんと過ごしていた。海や川で釣りをしたり、将棋《しょうぎ》を教わったり、その日のできごとを徳井にも楽しそうに報告してくる。釣りに関しては徳井よりも筋がいい、ただし生餌《いきえ》を扱えないのが致命的だ、というのがじいちゃんの評価だった。将棋のほうは話にならないらしい。じいちゃんの家庭菜園では、なるべく土に近づかないようにびくびくしながらも、水やりを手伝っているそうだ。

一日ごとに元気を取り戻していく魚住に、この先どうするつもりなのか、徳井もじいちゃんもあえてたずねなかった。

心配ごとはひとまず忘れて、心身を休めるのが一番だ。魚住のことだから、いつまでもくよくよと思いわずらいはしないだろう。近いうちにすっかり回復し、たいくつして、東京へ戻っていくに違いない。

工房を開くとかいう話も、蒸し返されることはなかった。やってきた当初の魚住は、徳井の帰郷した動機を完全に誤解していたし、気持ちも弱っていたふうだったから、あんな突拍子《とっぴょうし》もない夢物語を持ち出したのだろう。冷静になってみればありえないと納得したのだ、と徳井は思っていた。

甘かった。

それから二週間ほどが経った夕方、仕事を終えた徳井が帰宅するなり、玄関口で待ちかまえていた魚住に声をかけられた。

「納屋《なや》、見にきてよ」

魚住とじいちゃんが納屋に出入りしているのは、徳井も気がついていた。

庭の片隅にある納屋は、長らく物置がわりになっていた。仏壇作りの工具やら、庭仕事の道具やら、徳井が子どもの頃に乗っていた自転車やら、今すぐ必要ではないがなんとなく捨てられない雑多なものが、ごちゃごちゃと詰めこまれている。そのうち整理しようとじいちゃんとも話してはいたものの、さしあたって急ぐ理由もなく、つい後回しになっていた。

魚住がいるうちに片づけを手伝ってもらおうとじいちゃんは思いたったのだろう。徳井も時間ができたら手を貸すつもりだったのだけれど、ちょうど仕事がたてこんでしまっていて、そのひまがなかった。

「早く早く」

徳井はひと息つくまもなく、魚住に庭までひっぱっていかれた。よほど苦労の成果を自慢したいらしい。

なにも手伝えなかった手前、徳井はおとなしく従った。魚住が芝居がかったしぐさで、納屋の扉を開けた。

「どうぞ！」

中はきれいに片づいていた。

「なんだこれ？」

ただし、徳井が思い描いていたような片づきかたではなかった。

「すごいでしょ？　がんばったんだぜ」

不用品はすっかり運び出され、中央に巨大な木製の作業台がでんと置いてある。その上に並んでいるいくつかの工具には、徳井も見覚えがあった。電動の丸鋸《まるのこ》に鑿《のみ》、ダボ穴の加工機まである。もともと納屋にあったものか、あるいはじいちゃんの伝手《つて》でどこかから借りてきたのかもしれない。

奥の壁際に、背の低い棚《たな》も据《す》えられていた。こちらにはのこぎりや鉋《かんな》といった刃物類が収納してある。傍らに小さな窓があり、曇《くも》った窓ガラスから淡い光がさしこんでいる。

「納屋、あらため作業場です」

うやうやしい口ぶりで、魚住が言った。

母屋《おもや》に戻った徳井は、まっさきにじいちゃんを捜した。

じいちゃんは茶の間でテレビを観ていた。年中出しっぱなしのこたつで、せんべいをかじっている。

「納屋、見たよ」

「そうか」

じいちゃんは画面から目を離さずに、そっけなく答えた。

「どうするんだよ、あいつが本気で居ついちゃったら」

テレビからそらぞらしい笑い声が響きわたった。徳井はいらいらしてリモコンをとりあげ、音量をしぼる。

「まあ、いいじゃないか。本人がここにいたいって言ってるんだから」

じいちゃんが徳井からリモコンを奪い返し、もとの音量に戻した。抗議してもむだらしい、と遅ればせながら徳井は悟る。納屋を作業場に改造するなんて、魚住の独断ではできない。じいちゃんもいわば共犯だ。

「なんか、おれのときと扱い違わない？」

徳井が地元に帰ってこようと決めたときには、あんなに反対したくせに。戻ってくるなとはねつけたのは、そのほうが孫にとってよいのだと信じてのことだと、徳井にもわかっている。かといって、魚住が孫ではなく他人だから遠慮して、あるいは無責任に、受け入れてしまうというのもじいちゃんらしくない。

「だって、お前は……」

じいちゃんが言いかけたところで、当の魚住も茶の間に入ってきた。

「徳井さん、ひどいよ。そんなにおれをじゃま者扱いしなくてもよくない？」

徳井とじいちゃんの間に膝《ひざ》を抱えて座り、しょんぼりと言う。どうやら会話は聞こえていたようだ。

「いや、じゃまってわけじゃないけど」

そっちこそ、そんなにおれを悪者扱いするな、と心の中でつけ加える。

「そう？」

魚住の顔がぱあっと明るくなった。

「なら、よかった」

よくはない。

徳井は気をひきしめ、魚住に向き直った。こんなふうにのらりくらりと話をかわしつつ、なしくずしに主張を通してしまうのは、魚住の得意技だ。

「そもそも、あそこで椅子作って、どうするつもりなんだ？」

「どうするって、売るんだよ」

「売れるのか？」

「少なくともはじめのうちは、受注生産でいこうかと」

「どうやって注文とってくる？」

「それは……これから考える」

「そんなことでやってけるのかよ？」

経済的にたちゆくのか、という意味あいで徳井は聞いたのだが、魚住はしごく無邪気に答えた。

「うん、がんばる。徳井さんはとりあえず今の仕事を続けてくれていいから。最初のうちは、おれひとりでやるよ」

とりあえず。最初のうちは。いちいち含みのある言いようだけれど、なんだか言い争う気力も萎《な》えてきた。じいちゃんもこの調子でまるめこまれたのかもしれない。魚住と話していると、正論を説くのがばからしくなってくる。正しいかどうかはさておき、やりたいようにやらせてもいいのかもしれない、といつのまにやら思わされてしまう。

「やってけるかどうかは、やってみないとわかんないよ。だけど、最初からやらないよりいいでしょ？　やらないって決めちゃった時点で、やってける可能性はゼロになる。ね？」

魚住はもっともらしく言う。

「そろそろ、めし食いにいくか」

じいちゃんがテレビを消して立ちあがった。


いしやま食堂で食事をしている間も、魚住は椅子工房の立ちあげについて熱く語っていた。必要最低限の道具はもうそろっているらしい。あとは、じいちゃんの知りあいの製材所に頼んで、木材を調達するつもりだという。

「なっちゃん、聞いて聞いて」

料理を運んできた菜摘にまで、勇《いさ》んで報告する。

「作業場が完成したんだよ。納屋を片づけて、場所を作ったんだ」

「納屋ってあの、庭の隅の？　あそこ、けっこう広いもんね」

菜摘が徳井を見やった。

「なつかしいな。よくかくれんぼしたよね」

「ああ、そういえば」

かくれんぼのとき、納屋はうってつけの隠れ家だった。工具や農具や段ボール箱のすきまに、息をひそめてもぐりこんだ。音を立てまいと念じれば念じるほど、なぜか笑いがこみあげてきたり、くしゃみが出そうになったりしたものだ。

「また遊びにおいでよ、近所なんだし。前はよく来てたんでしょ？　じいちゃんに聞いた」

魚住が気軽に誘う。

「前っていっても、もう二十年以上も前だけどね」

近所に住む同じ年頃の子どもたちが、性別を問わず一緒になって遊んでいたのは、小学二、三年生くらいまでだっただろうか。その後は男子と女子の間に微妙な壁ができた。徳井と菜摘も例外ではなかった。中学や高校では、校内ですれ違っても話すこともなく、たまに家族でいしやま食堂を訪れたときに短く挨拶《あいさつ》をかわす程度だった。

徳井がこっちへ戻ってきて、じいちゃんと一緒に食堂へ通い出したとき、しかし菜摘はごく自然に話しかけてきた。

おかえり律ちゃん。初日のひとことは、たったそれだけだった。なぜ帰ってきたのかと詮索《せんさく》してこなかったのは、じいちゃんからあらかじめ事情を聞いていたからだろうが、町内や客先で質問攻めに遭《あ》っていた徳井にとってはありがたかった。

「なっちゃんはカブトムシとりの名人だったんでしょ？」

魚住がさらに言う。

「そうそう、そうだった。カブトクイーンって呼ばれてたよな」

「ね。今考えたら、なんかすごい名前だよね」

「木登りも上手だったんだって？　徳井さんもまねしようとして、落っこちて泣いたって」

「じいちゃん、よけいなこと話すなよ。ていうか、よく覚えてるな」

「おじちゃんは記憶力いいもんねえ」

菜摘はくすくす笑っている。

「そうだ、あともうひとつ」

魚住がにやりとした。

「なっちゃん、徳井さんのお嫁さんになるって言ってたんだってね？」

飲みこもうとしていた焼き魚がのどにひっかかり、徳井は激しくむせた。それは、知らない。

菜摘はしばし絶句していた。それから、みるみる赤面した。

「ちょっと、おじちゃん。やめてよ、そんな大昔のこと」

気まずそうに目をふせたじいちゃんの横で、魚住は首をかしげている。

「なんで怒るの？　ふたり、お似合いなのに」

「どこが？」

「どこが？」

「ほらね、ぴったり息も合ってる」

菜摘が魚住をにらみつけた。

「からかわないで」

ぴしゃりと言い捨てて、テーブルを離れていく。

次に徳井が作業場に足を踏み入れたのは、翌週末のことだった。

一週間のうちに、中は一段とそれらしくととのえられていた。窓にカーテンがかかり、棚の傍《かたわ》らに置かれた扇風機が大儀そうに首を振っている。

魚住は作業台の隅で、持ちこんだノートパソコンを開いていた。手もとに古びたクロッキー帳がふせてある。やまぶき色の表紙は色あせてしわが寄り、使いこまれているのが見てとれた。

「これ、まだ使ってんの?」

昔から、魚住は常にこの帳面を持ち歩いていた。

「もう十冊くらいたまったかな。これは初代だけど。ここで作る記念すべき第一号、こいつにしようと思って」

魚住がクロッキー帳を表に返した。ページの真ん中に描かれた椅子の絵を見て、徳井は声をもらした。

「ああ、これな」

木工の授業の修了課題として、魚住のデザインした椅子だった。

「今、図面起こしてるとこ」

魚住がパソコンの画面をあごで指す。

徳井も隣の丸椅子に腰を下ろし、クロッキー帳をぱらぱらとめくった。どのページも椅子の絵で埋めつくされている。鉛筆で輪郭をとった後に、水彩絵具で色をつけてあり、しゃれた静物画のように見えなくもない。濃淡の茶色で彩色された木製の椅子が圧倒的に多いが、座面《ざめん》に布や革があしらわれたものや、金属製のものもちらほらまじっている。かたちもさまざまだ。がっしりとした丈夫そうなひじかけ椅子、優美なまるみを帯びた揺り椅子、個性的な三本脚のスツール、足置きのついた豪華な安楽《あんらく》椅子もある。

魚住は椅子が大好きだ。愛している、といってもいいだろう。

ページによっては、魚住が考案した椅子のほか、有名な作家の作品も描かれ、それぞれ名前が書き添えてある。いくつかは徳井も実物を見たことがある。そのうちの多くに、座ったこともある。

学生時代、名作と呼ばれる椅子が置かれている場所に足を運び、可能であればさわったり座ったりしてみることが、魚住の趣味だった。椅子詣《もう》で、と本人は呼んでいた。

とりわけ気に入った椅子に出会うと、感激のあまり文字どおり拝み出すこともあったから、あながちおおげさな言い回しでもない。背もたれやひじかけをなで回したり、ひっくり返して座面の裏側を検分したりもして、周りから奇異の目で見られた。

　徳井もたびたび誘われて同行した。家具屋をはじめ、カフェやレストラン、ファッションビルやホテル、美術館、オフィスビルのロビーにいたるまで、いろんなところを訪れた。それまでは意識していなかったけれど、ひとたび注意してみれば、驚くほど多種多様な空間に、多種多様な椅子が置かれていた。

「そうだ、あれもあるよ」

　魚住が横からクロッキー帳をのぞきこみ、ページを繰る。数枚をめくったところで、植物の蔓《つる》を思わせる曲線の組みあわせが特徴的な、華奢《きゃしゃ》な一脚が現れた。

　同じく授業の修了課題で、徳井の作った椅子である。

　必ず椅子を作れと指定されていたわけではない。木製の家具ならなんでもかまわなかった。椅子は難易度が高いので、どちらかといえば敬遠された。徳井も受講しはじめた時点では、本棚かチェストあたりを作るつもりだったのに、魚住の椅子詣でにつきあっているうちに、どんどん興味と愛着がわいてしまったのだ。

できばえに基づき、優良可の三段階で成績がついた。徳井は優で、魚住は良だった。

「いいなあ、徳井さん。おれも優がほしかった」

ふてくされている魚住に、

「デザインはとてもよかったですよ。独創的で」

と担当教官は言った。退職間近の、柔和な初老の男性教授だった。

「ただ、細部のしあげをもう少しがんばって下さい。この授業は、デザインじゃなくて、木工の技術を学ぶ科目ですからね」

デザインを練っているときが一番楽しい、と魚住は昔からよく言っていた。なんの制約もなく、好きなように考えをふくらませられるから、と。

言っていることは、わからなくもない。紙の上ならどうにでも描ける。だが椅子は、少なくとも魚住の作ろうとしている椅子は、芸術作品ではなく実用品である。詳細な図面に落としこむとなると、物理的に無理のない構造や、具体的な寸法を考えなければいけない。そして実際に作りはじめれば、今度は主に技術面で、思うようにはいかない部分も出てくる。

「それから、きみのほうは」

教授は隣にいた徳井に視線を移し、言葉を継《つ》いだ。

「もう少し、デザインに自分の色を出してもよかったのに。せっかく技術はすばらしいんだから」

徳井は魚住と違い、既存の椅子のデザインをほぼそのまま借用したのだ。

これも魚住とは対照的に、徳井は実作業のほうがデザインよりもずっと好きだ。発想力というのか、感性というのか、いっぷう変わった構造や装飾を考えつく資質は、万人《ばんにん》に与えられているものではない。ない知恵をしぼるより、才能ある先達《せんだつ》によって完成された美しい図面に従って手を動かすほうが、徳井の性《しょう》に合っている。

「きみたちは、足して二で割りたいところだな」

教授は苦笑して学生ふたりを見比べた。

「あれ、名案だよね？」

教室を出てから、魚住は嬉々《きき》として言った。徳井としては、魚住と足されるのも、まして二で割られるのもごめんだったが。

「確かに、おれと徳井さんが組んだら最強じゃない？　おれがデザインで、徳井さんは木工。適材適所ってやつ」

ひょっとしたら、その半年後にふたりで工房を開こうと言い出したときも、魚住の頭にはあの教授のなにげない発言がまだ残っていたのかもしれない。

黙々とパソコンに向かっている魚住の横で、徳井は古いクロッキー帳をめくる。

椅子の絵を見れば、それが置かれていた場所や、そこでのちょっとしたできごとなんかが思い出された。高級ホテルのロビーで警備員にうさんくさげににらまれた。女性客だらけのオープンカフェにふたりで入り、なんともいたたまれなかった。新進の家具作家の個展では、魚住が勝手放題に感想をのべたあげく、作家本人と激しい口論になった。

「よし、できた！」

魚住がパソコンの画面を徳井のほうに向けた。さっきの水彩画が、３Ｄの立体図面に変わっていた。

「あとは材料だな。じいちゃんが製材所に連れてってくれるって。週明けの月曜か、火曜かな。徳井さんも来る？」

「いや。仕事があるから」

徳井は魚住にクロッキー帳を返した。魚住がつまらなそうに肩をすぼめた。

「そっか。残念」

ひとりでやると豪語していたが、あわよくば徳井にも手伝わせたいのだろう。適材適所とかなんとか、調子よく言って。

「そういや、あのとき徳井さんの作った椅子ってどうした？」

「置いてあるよ。自分の部屋に」

「そうなんだ？　あとで座らせてよ。あれ、よくできてたもんなあ」

魚住がクロッキー帳をぱたんと閉じた。

「あの教授って元気かな？　大学はもう引退しちゃってるよね？」

「たぶんな」

「あ、進藤《しんどう》先生はまだうちで教えてるらしいよ。こないだ、また賞とってた。なんだっけな、南米の美術館かなんかで」

進藤勝利《かつとし》は、家具デザイナーというより建築家として、国際的にその名を広く知られている。

徳井たちの大学には客員教授の立場で招かれ、週に一コマだけ建築学の講義を受け持っていた。高校時代から彼の熱狂的なファンだった魚住は、それが最大の決め手となって大学を選んだそうだ。

片や徳井は、進藤勝利という名前は知っていたものの、さほど関心はなかった。もともと、進藤の得意とする大型のビルや公共施設よりも、個人住宅の設計のほうに興味があったからだ。木工の実習課題で、進藤がデザインした椅子を参考にすることになるなんて、入学当初には思ってもみなかった。

名作と評される椅子の中には、彼に限らず、建築家のデザインによるものがとても多い。

魚住にそう教わってちょっと意外な気もしたが、建築学科で学んでみて、徳井にもその理由が腑《ふ》に落ちた。住宅であれ、会社であれ、商業施設であれ、建物を設計しようとすると、やはり内装にも関心が向く。自分が作りあげた空間の一部として、どうせならふさわしい家具を置きたい。他人の手による既製品ではしっくりこない場合、調度《ちょうど》も自らこしらえたくなるのは、建築家として自然な発想だろう。

外箱《そとばこ》から中身までまるごと面倒を見たい、と進藤も言っていた。完璧な世界を作りたい、と。

魚住に強くすすめられ、徳井も彼の講義に出てみたのだった。高級そうなスーツを着こなし、よく響く声で自信ありげに話す進藤は、他の教官にはない独特の迫力を漂《ただよ》わせていた。教壇に立つだけで、教室のざわめきが瞬時に静まった。魚住は前年に単位をとったにもかかわらず、徳井の隣で聴講《ちょうこう》していた。他にも進藤を崇拝しているらしい学生が何人もいた。

「そんなに好きなら、魚住も建築やればいいのに」

魚住があまりにも進藤に傾倒しているので、徳井は聞いてみたことがある。

「建物は、でかすぎる」

魚住は答えた。

「あっちもこっちも全部考えるなんて、おれには無理。そこまで頭回んない。椅子に集中したいんだ」

いつになくまじめな顔で、そう言った。

魚住が十日ばかりでしあげると言っていた椅子は、六月の終わりになってもまだ完成しなかった。

「徳井さん、お願い。手伝って」

泣きつかれた徳井は、言下《げんか》に断った。

「いやだよ。なんでおれが」

はなからそんな他力本願では先が思いやられる。もうひと踏んばりするか、それが無理なら潔くあきらめたほうがいい。夢を追うのも悪くはないが、そろそろ一度頭を冷やして、現実と向きあうべき頃合だろう。

「意地悪言わないでよ。今日、ひまでしょ?」

「そういう問題じゃないだろ」

かちんときて言い返す。確かに予定はないけれども、ひま人扱いされる筋あいもない。少なくとも、魚住には。

「ひとりでやるって約束じゃなかったか?」

「ひとりでやって、行き詰まったから頼んでるんだよ」

魚住が口をとがらせる。

「約束って言うなら、徳井さんだって約束してくれただろ」

「へ？」

「ほら、大学の夏休みに、あの展望台で。いつかふたりで工房やろうって」

「ちょっと待て、やろうって言ったのは魚住だよな？」

「でも徳井さんも、やらないとは言わなかったよね？」

ほとんど言いがかりである。

「一生のお願い。どうしたらいいのか、意見くれるだけでいい。あとの作業は自分でやるから」

魚住に懇願されて、徳井はしぶしぶ作業場に入った。

前回とはうってかわって、中は散らかっていた。空っぽだった作業台に、大きさもかたちもさまざまな部材が並んでいる。床に落ちた大量の木屑《きくず》が、歩くたびにふわりふわりと舞いあがり、ほの甘い木のにおいが鼻腔《びこう》をくすぐった。

木工家具の製作は、まず木材を切るところからはじまる。製材所で買ってきた大きな板材や角材を、必要なサイズに切りわけていくことを、木取りという。木取りの後は、鉋をかけて厚みもそろえる。座面や背もたれといったカーヴのつく箇所は、さらに切ったり削ったりしてなめらかにととのえる。

部品がそろったら、接合部《せつごうぶ》の加工にとりかかる。木材を接合する、つまりくっつける方法はいくつかある。一番手軽なのは接着剤で、市販の量産家具でも重宝《ちょうほう》されている。釘《くぎ》やねじ、専用のジョイント金具を使う手もある。

一方、そういった便利な道具の力を借りずに木材そのものを細工してつなぐのが、組み手と呼ばれる昔ながらの手法である。部材の断面、専門用語でいうところの木口《こぐち》に、へこみとでっぱりをつけて組みあわせるのだ。つなぎめをぴったり合わせるのは難しいけれど、うまくできれば美しくて強度も高い。

この組み手に挑戦している途中で、魚住は挫折《ざせつ》したらしい。

「何度やっても、ぴたっと合わなくて」

作業台に転がっている椅子の脚を拾いあげ、木口を徳井の鼻先に突きつける。歯車のようなでこぼこがついている。

「腕、上げたんじゃなかったのか？」

「だって、工房ではほとんど機械でやってたもん。おれ、ここんとこずっと、接合の担当じゃなかったし」

それなりの規模の工房や工場では、家具も一般の工業製品と同じく、機械を使って分業で作る。コンピューター制御《せいぎょ》で複雑な加工もこなせるような高性能の機種は、一台数千万円もすると徳井も聞いたことがある。ここにも基本的な電動工具はあるものの、家庭用に毛の生えたような代物で、差は歴然《れきぜん》としている。

でも魚住は、その恵まれた環境に嫌気《いやけ》がさして、飛び出したのだ。工程の一部しか担えないのはつまらない、もっとじかに木にさわりたい、と言って。

「機械を使いたいって言ってるわけじゃないんだよ。ただ、手作業はひさしぶりで勝手がつかめなくて」

弁解する魚住に、徳井はあきれて反論した。

「ひさしぶりって、それならおれのほうがもっとひさしぶりだよ。卒業以来だぞ」

「徳井さんなら大丈夫だって。教授のお墨《すみ》つきだしね」

木屑だらけの床に、魚住がひざまずいた。かすかに湾曲《わんきょく》した椅子の脚を両手で捧《ささ》げ持ち、徳井に向かって差し出してくる。

「お願いします、徳井先輩」

徳井はしかたなく受けとった。木肌《きはだ》の素朴な感触が、手のひらに伝わる。

「カエデか」

魚住がぴょこんと立ちあがり、汚れた膝《ひざ》をはらった。

「うん。じいちゃんのおかげで、いいやつ分けてもらえたんだ」

無垢《むく》の木材にふれるのも、徳井にとってはずいぶんひさしぶりだった。ほんのりとぬくもりを帯び、手のひらに心地よくなじむ。すでに家具のかたちとなって塗装《とそう》のほどこされたものとは、当然ながらまるで違う。

この椅子も、組み立てが終わったら、あらためて全体にサンドペーパーをかけることになる。念入りに磨きあげ、肌に吸いつくような、すべらかなさわり心地にしあげる。表面の感触が重要なのは木製家具全般にいえることだが、中でも椅子は人間の体に直接ふれるので、特に神経を遣《つか》う。

「木にさわってるときの徳井さんって、やらしい顔するよね」

魚住がにやにやして言った。無意識に部材の表面をなでていたことに気づき、徳井は手を離した。

「変なこと言うなよ」

「ああでも、こないだ、じいちゃんもおんなじ顔してた。てことは、遺伝か」

魚住の軽口は聞き流し、木口に目を落とす。むきだしになった木目が、ふぞろいな縞模様《しまもよう》を描いている。

「座面と合わせるんだよな？」

「うん。これ」

手渡された四角い板にも、同じくでこぼこの細工がほどこされていた。試しに組みあわせてみる。力をこめればはまるし、見た目も不自然ではない。ただ、つなぎめを念入りにさわってみると、ごくわずかなずれが感じとれた。

徳井はふたつの部材をはずして、それぞれの木口を仔細《しさい》に見比べた。

「ここだな」

座面のほうの、中ほどのへこみを指さす。

「表は直角に削れてるけど、裏がほんのちょっとだけななめになってる。だからずれるんだ」

魚住は木口に鼻の頭がくっつきそうなくらい、ぎりぎりまで顔を近づけた。やや寄り目になっている。

「ほんとだ。前も難しかったんだよなあ、ここ」

指で断面をなぞり、つぶやいた。

修了課題でも、魚住は接合部に苦戦していた。組み手が難しいのはわかりきっているのだから、金具を使えばいいのに、どうしても木だけで作りたいとこだわっていた。あのときは確か、ふたつの部材をくっつけることさえままならなかった。あれに比べれば、確かに成長したといえるかもしれない。

めでたく完成した椅子は、いしやま食堂にひとまず置かせてもらうことになった。人目にふれる場所に展示して受注につなげるというのが魚住の計画で、夕食どきにもそんな話をしていたところ、預かろうかと菜摘が申し出てくれたのだ。三人で相談し、レジ台のすぐ手前に置いた。店にはいろんな客がやってくるから、誰かしら目をとめてくれるかもしれない。

「宣伝文句みたいなの、なにか書いたら？」

菜摘に大判のメモ用紙を渡された魚住は、しばらく考えた末に、さらさらとペンを走らせた。

「あなたの体と心にぴったり合う椅子、作ります。いいじゃない！」

菜摘が満足そうにうなずいた。メモを受けとり、椅子の背にテープで貼りつけると、子どもの頭をなでるような優しい手つきで座面にふれる。

「すべすべだね。すごいよね、こんな本格的なのが作れちゃうんだ」

「おれと徳井さんの合作だよ」

魚住が胸を張る。

組み手の細工を見てやって以来、徳井は魚住から乞《こ》われるままに、他の部分にもあちこち手を入れた。横から手出しされるのはいやじゃないかと遠慮もあったのだが、魚住は屈託《くったく》なく喜んでいた。徳井さんはやっぱ天才だね、とおだてるのも忘れない。これでは魚住の思う壺《つぼ》だと知りつつも、やりはじめたらやりはじめたで、徳井もつい熱中してしまった。木肌にふれているだけで、なぜか気持ちが安らぐ。もしかして、魚住にもからかわれたとおり、じいちゃんの血もあるのだろうか。

「律ちゃんもこういうの、できるんだ？」

菜摘が椅子から顔を上げ、意外そうに徳井をあおいだ。

「一応、大学の授業で習ったからな」

故郷に戻ってから、学生時代の話をする機会はほとんどなかった。椅子を作っていたというのも、菜摘にとっては初耳のはずだ。

「徳井さんは凄腕《すごうで》なんだよ。大学の先生もほめてたくらい。徳井さんが助けてくれなかったら、この椅子もできあがらなかった」

魚住が勢いこんで言う。

「おおげさだな。途中からちょっと手伝っただけだろ」

「ちょっとじゃないって。難しいとこ、結局ほとんどやってもらったし」

「律ちゃんは昔から器用だったもんね。学校の図工とかでも、なんでもちゃちゃっと作っちゃってたし」

菜摘が口を挟んだ。今度は、徳井が意外に感じる番だった。相槌《あいづち》を打ちそこねていたら、いぶかしそうにたずねられた。

「あれ、自分では覚えてない？」

覚えてはいる。徳井は図工の成績だけはよかった。

ただ、学校ではろくに口を利きもしなかった菜摘に、そう認識されていたとはつゆ知らなかった。

「才能だよね。ほんと、うらやましい」

魚住も調子を合わせる。

「これからもよろしくね、徳井さん」

いしやま食堂を出て、ついでに日用品の買い出しもしてから帰ることにした。

「なっちゃんって、ほんとにいい子だよね。親切だし、優しいし。美人だし」

軽トラックの助手席で、魚住はしみじみと言う。力作をほめてもらえてうれしかったらしい。

「ねえ、いつお嫁にきてもらうの？　早いほうがよくない？」

徳井と菜摘はそういう関係ではないと何度も否定しているのに、魚住は一向《いっこう》に聞く耳を持たない。

「それ、いいかげんやめろって」

菜摘とは単なる幼なじみにすぎない。件《くだん》の「お嫁さん」発言にしても、幼児が気まぐれに言ったことだ。現に、その後は特別な好意を示された覚えもない。

「だってお似合いなんだもん。あの、大学のときにつきあってたナントカちゃんより、ずっといい」

ナントカちゃん、は大学のクラスメイトだ。三年生のときにつきあい出し、卒業する間際に別れた。

「なっちゃんは、徳井さんのことちゃんとわかってるしね」

わかってる、に魚住は妙な抑揚《よくよう》をつけた。思わせぶりな視線は無視して、徳井はハンドルを切る。

徳井くんはなに考えてるかわからない。

別れを切り出した恋人は、そう訴えたのだった。二年も一緒にいたのに全然心を開いてくれなかった、と。

涙ぐまれて徳井は困惑した。まったく身に覚えがなかった。元来、口数の多いほうではない。社交的な性質《たち》ともいえない。でも、彼女とは普通に会話をしているつもりだった。なぜ心を閉ざしているなどとなじられるのか、見当がつかなかった。

しかし後から思い返してみれば、予兆はあった。それ以前にも一度、つきあい出してまもない頃に、似たようなことは言われていた。なにかの拍子《ひょうし》に実家の話題になって、両親がいないと徳井が打ち明けたら、やっぱりね、と彼女は神妙にうなずいたのだ。だから徳井くんって壁を作るんだね。

徳井くんの力になりたかった。でももう限界なの。彼女は悲しげに言い放ち、徳井のもとから去っていった。

あのとき、どうして魚住に別れのいきさつを話す気になったのだろう？　ふられて落ちこんでいた？　思いもよらない言葉をぶつけられて、混乱していた？　それまでは恋愛がらみの話を魚住にしたことはなかった。彼女の存在を隠していたわけではないものの、特に紹介もしなかった。彼女は彼女で、魚住のことを好いていなかった。椅子詣でをはじめ、魚住がなにかと徳井を呼び出すのが気に入らないようだった。

「徳井さんがなに考えてるかわかんない？」

話を聞き終えた魚住は、ぷっとふきだした。

「それは、わかんないほうが悪いって。徳井さん、かなりわかりやすいのに」

自分がわかりにくいのか、わかりやすいのか、徳井自身にはそれこそわからなかった。今でもわからない。強いていえば、どちらでもない気がする。ただひとつ、彼女が魚住の感想を聞いたらさぞ腹を立てるだろうということだけは、わかった。

卒業後、彼女とは一度も会っていない。今どこでなにをやっているのかも知らない。

「なんか暑いな。窓、開けていい？」

徳井の答えを待たずに、魚住は助手席側の窓を全開にした。水の張られた田んぼを渡って、湿気をはらんだ風が吹きこんでくる。

「近所の幼なじみっていいよな。おれ、小学校から私立で電車通学だったし、そういうのなくて。ガキんときの思い出を二十年後に語りあえるとか、あこがれる」

そんなことを言われても、徳井にはいまひとつぴんとこない。それに、語りあうというより、ほとんど菜摘の話を聞いているだけだ。

「菜摘の記憶力はすごいからな。一度でも店に来た客の顔は、何年経っても忘れないんだってさ」

「いや、そういう意味じゃなくて。通じあってる感じがいいんだよ。根っこのところでつながってる、みたいな?」

「根っこ、か……」

やっと、徳井にも少しだけ合点《がてん》がいった。根っこのところ、を生まれ育った環境や家庭の事情と言い換えるのであれば、徳井と菜摘は互いの「根っこ」をある程度は理解しているといえるだろう。

菜摘なら、心を開かないだの壁を作るだのとは言わない。徳井が孤児《こじ》であることを気の毒がったり、気質もその影響を受けていると決めつけたりもしない。

　徳井は上京した後、家族の話をするときには用心するようになった。地元にいる間は、両親がいなくて不便だとも不自由だとも、まして不幸だとも感じていなかった。よそのうちとは異なる家族構成も、そういうものだと割りきっていた。仏壇の写真でしか知らない両親を、恋しがったりさびしがったりしようもない。友達からも別になにも言われなかった。じいちゃんやばあちゃんや、周りのおとなたちが、さりげなく守ってくれていたのだと今ならわかる。かわいそうなみなしごではなく、ごく平凡で地味な少年として、徳井は育った。

「ね？」

　魚住が含み笑いをして、運転席のほうへ身を乗り出してくる。

「大事にしなよ、なっちゃんのこと。今んとこフリーみたいだし」

「あ、そう」

　そもそも菜摘に恋人がいるのかどうかすら、徳井は知らない。そういう話題になったこともない。

「そう、じゃないよ。ぼんやりしてたら愛想《あいそ》つかされるぜ」

　一方的な言い草が癪《しゃく》にさわり、徳井は反撃した。

「魚住はどうなんだよ？」

「へっ？　おれ？」

「東京に誰か放《ほ》ったらかしてきたんじゃないだろうな」

魚住が黙りこんだ。図星だったらしい。

大学時代から、魚住はもてた。端整な目鼻だちも、陽気でひとなつこい性格も、女心をひきつけるのだろう。次々に違う相手とつきあうので、一部ではとんでもない遊び人だというわさまで立っていたが、なんのことはない、魚住のほうがすぐにふられてしまうのだった。

魚住と親しい先輩として、徳井はしばしば彼女たちから恋愛相談という名目で愚痴《ぐち》を聞かされた。内容はおおむね共通していた。わたしよりも椅子が優先されるのががまんならない、というのだ。

ひとたび椅子のことを考え出したが最後、魚住は周りが見えなくなってしまう。会話は上の空だし、約束もすっぽかす。それは徳井も身をもって知っていた。でも、女の子が泣きそうになっているのに、あいつはそういう人間だからあきらめろと突き放すわけにもいかない。

彼女も椅子詣でに連れていってはどうかと徳井がすすめても、魚住はしぶった。

「いやだよ。気が散る」

「おれのことは誘うじゃないか」

「徳井さんはまあ、空気みたいなもんだから」

わけのわからないことを言う。先輩ばっかりずるい、と泣かれたり、おふたりがつきあってるわけじゃないんですよね、とあらぬ疑いをかけられたり、徳井にとってははなはだ迷惑な話だった。

徳井の知る限り、魚住は女に興味がないわけではない。人並みにある。

そして、椅子に対しては、人並み以上の興味があるのだ。さらに、それを隠そうとしない。魚住よりもだいぶ恋愛経験が乏しいと思われる徳井が、知ったような口を利くのもなんだけれど、要するに魚住は子どもなのだった。おもちゃやゲームに熱中する小学生と変わらない。

「連絡くらいは、しといたほうがいいよ」

窓の外を眺めている魚住に、徳井は大学時代と同じことを言う。

「注文、入るかな」

ずいぶん間を置いてから、魚住がつぶやいた。


注文は入らなかった。一週間経っても、二週間経っても。

徳井はだんだん不安になってきた。はじめからとんとん拍子に注文が舞いこんでくると期待していたわけではないものの、ここまでなんの進展もないとも思わなかった。いしやま食堂に預けたカエデの椅子は、もはや内装の一部としてなじんでしまっている。魚住が毎晩丁寧《ていねい》に表面を拭きあげているおかげで、ほこりこそかぶってはいないとはいえ、空っぽの座面はなんだかさびしげに見える。

これでも最初のうちは、けっこう注目を集めていた。夕食を食べている最中に、どうしたのこれ、とたずねる声が耳に届くこともあった。

魚住はすかさず席を立ち、駆け寄っていく。

「僕たちが作ったんですよ。どうぞ、座ってみて下さい」

うながされるままに腰を下ろした客は、たいがい意外そうな顔をする。

「これ、木だよね？」

「はい。座り心地がやわらかいでしょう？　体の曲線に沿うように加工してあるので、そう感じるんです」

魚住は誇らしげに言う。

「どうですか、おひとつ？」

「え、この椅子、売りものなの？」

「いえ、こちらは見本です。ご希望に合わせて新しく作ります」

客はそそくさと立ちあがる。

「椅子は、もうあるからなあ」

たいていの家に、必要なだけの椅子はすでにあるのだ。あまり頻繁《ひんぱん》に買い替えるものでもない。売りこみはあえなく終了し、魚住はすごすごと徳井たちのテーブルへと帰ってきて、気の抜けたビールをあおるのだった。

「椅子はいくつあったっていいのにね。ベッドとかたんすとかじゃないんだし」

しかし日が経つにつれ、そうやって声をかけられる機会も減っている。今や、少なくとも常連客の間では、椅子が話題にされることもない。

あせる徳井をよそに、魚住はさほど落ちこむ様子もない。

「最初はこんなもんだよ。専門の展示会に出しても、反応がないことも多いし。うちの工房も、先代が立ちあげて何年かはそうとう苦労したんだって。親方が言ってた」

そういう厳しい世界だからこそ、のんきにかまえている場合ではないだろうと徳井は思う。あんな一流の工房ですら苦戦を強いられたのだとすれば、想像以上に道は険《けわ》しい。

「ここに置いとくだけじゃなくて、なんか他の手を打ったほうがいいんじゃないか？市内の家具屋かデパートなんかに置いてもらうとかさ」

「いきなり持ちこむのは無謀《むぼう》じゃない？　名の通ったブランドならともかく、半分しろうとみたいなもんだしね」

「じゃあ、どうするんだよ？」

あっさりと受け流されて、むっとした。せっかく心配して打開策《だかいさく》を考えてやろうとしているのに。

「とりあえず気長に待つしかないんじゃない？」

「気長にって、そんな他人ごとみたいに。いつまで経ってもこのままじゃ、さすがにまずいだろ」

「まあまあ、そんなにぴりぴりしないで」

返事に詰まり、徳井は唇《くちびる》をかみしめる。おれにとってはまさに他人ごとなんだから、いらいらしなくたっていいわけだ。

「もうしばらく様子を見てみてもいいんじゃないか。ひょんなきっかけで、お客がつくこともあるだろうし」

見かねたのだろう、じいちゃんが割って入った。

「だよね」

魚住がすぐさま相槌を打ち、あやすように言い添える。

「でもありがとう、徳井さん。いろいろ考えてくれて」

徳井はどうしても、魚住みたいに楽観的ではいられない。よくいえば信念を貫《つらぬ》き、悪くいえば図太く、やってくる保証もない客を待ち続けることはできない。

椅子を作るのは、楽しい。楽しいけれど、ただ作っているだけでは商売として成りたたない。趣味ならそれでかまわないが、食っていくつもりなら、作った椅子をしっかり売らなければならない。売り続けなければならない。工房を開くというのは、そういうことだろう。

おれにはとても無理だ、とあらためて思う。明らかに向いていない。安定した固定客がついている修理の仕事でさえ、たまたま依頼の少ない日が続くと心細くなってくるくらいなのだ。

皿の上で冷めかけているメンチカツに、徳井はぎゅっとすだちをしぼった。

いしやま食堂での食事中に、見知らぬ初老の男から話しかけられたのは、その数日後のことだった。

「お食事中にすみません」

テーブルを囲んでいた三人は、箸をとめて彼を見上げた。なぜ声をかけられたのか、つかのま思いあたらなかった。

彼の意図を最初に見抜いたのは、じいちゃんだった。レジ台のほうへ目を向ける。

「椅子、ですか？」

「はい」

男がうなずいた。白髪まじりの頭を短く刈りあげ、銀縁《ぎんぶち》のめがねをかけている。年齢は、じいちゃんよりもひと回りは下だろうか。ぱりっとアイロンのかかったシャツに、ねずみ色のズボンという服装には、そこはかとなく勤め人の風情《ふぜい》が漂っている。定年退職した元会社員かもしれない。

「気に入っていただけました？」

魚住がはずんだ声を上げた。どうぞどうぞ、座って下さい、とじいちゃんの隣の椅子をすすめる。男が丁重《ていちょう》に頭を下げて席についた。

「とりあえず、なにか飲みません？　食事はもうすみました？」

「いいえ、今来たところなので」

「じゃ、頼みましょう。ビールでいいです？　なっちゃん、ビールちょうだい。あ、徳井さんもおかわり？　なら、三つで」

魚住が菜摘を呼びとめ、かいがいしく注文した。男は恐縮したようにもじもじしている。

ビールを待つ間に、簡単な自己紹介をかわした。

「わたくし、吉野《よしの》と申します」

と、男は名乗った。三年前に定年を迎えるまでは、県庁の職員として働いていたという。徳井の彼に対する第一印象は、まずまず的を射ていたようだ。

「食卓の椅子を、作っていただけないかと思いまして」

「食卓ということは、ご家族全員の分ですか？」

吉野の左手の薬指にはまっている結婚指輪を確かめた上で、徳井はたずねた。

「はい。二脚、お願いします。わたしと、家内《かない》の」

「どんなのがいいですか？」

今度は魚住が質問した。

「どんなの……」

吉野が口ごもる。

「ああすいません、今の段階では決まってなくても大丈夫です。これから一緒に考えていきましょう。あと、できれば食卓や部屋の様子も見せてもらえませんか。今日はもう遅いので、週末にでも」

徳井さんも土日なら大丈夫だよね、と魚住に言われ、徳井は小声で聞き返した。

「え、おれも行くの？」

「もちろん。おれひとりで失礼があったらどうするんだよ」

魚住も声をひそめて答える。

「自分で言うなよ」

徳井はあきれたが、それも一理ある。せっかくつかまえたはじめての客を逃すのは惜しい。

「ちなみに、今も椅子を使っておられるんですよね？」

「ええ。実は、両親が亡くなって実家を処分したときに、ひきとってきたんです。わりといいものなので、もったいないかと思いまして」

吉野はいったん口をつぐみ、表情を曇《くも》らせた。

「でも、家内はあまり気に入っていなくて」

「なるほど、それで買い替えるんですか。だったら、奥さんともお話ししたほうがいいですね」

「いえ、それがですね……」

吉野がうつむいた。薄くなりはじめたつむじが見えた。

「あいにく家内は今、家を出ておりまして」

土曜日の午後、徳井と魚住は吉野邸に出向いた。

女手のない家は、なんとなくそれとわかるものだ。修理の仕事であちこち訪れるたびに、徳井は不思議に思う。神経質なまでに整理整頓の行き届いた男のひとり住まいもあれば、その逆だってあるので、散らかっているかどうかの問題でもないようだ。ただ気配が違う。ばあちゃんが逝《い》った後の徳井家も例外ではない。

吉野に招き入れられた居間も、女主人の不在をうかがわせた。散らかっているわけではない。むしろ不自然なくらいに整然と片づいている。ソファとローテーブルにも、続きの間に置かれた食卓にも、言うまでもなく床の上にも、よけいなものは一切置かれていない。吉野は客を迎えるにあたり、目についたいっさいがっさいをごっそり別室にでも移したのかもしれない。

「わざわざお越しいただいて、ありがとうございます」

彼は三人がけのソファに徳井たちを座らせると、食卓のほうから椅子を一脚抱えてきた。

存在感のある、古めかしい椅子だった。座面は赤みがかった紫のビロードばりで、木製の背もたれとひじかけは飴色《あめいろ》のつやを帯び、草木や動物をかたどった彫刻がほどこされている。

「これ、ですか」

魚住がたずねた。

「はい。これです」

吉野夫人が置き手紙を残して家を出たのは、ちょうど十日前のことだという。隣県に住む長女の家に身を寄せているそうだ。その日のうちに、心配しないようにと娘から父に連絡が入った。仲直りのために贈りものをするというのも娘の発案で、なにがいいかと頭を悩ませていた吉野は、ちょうど食堂で徳井たちの椅子を見かけ、これにしようとひらめいたらしい。

「その後、なにか進展は？」

徳井の問いに、吉野はむっつりと首を横に振る。

「なにも」

「奥さんとは話せたんですか？」

「いえ。娘はときどき電話をくれますが」

「娘さんは、なんて？」

突然母親に転がりこまれ、娘のほうも迷惑がっているのではないか。元の生活を取り戻すため、父親に協力してくれるかもしれない。

「好きなだけいてもらってかまわない、と」

吉野はますます渋い顔になった。

なんでも、半年ほど前に、ふたりめの孫が生まれたばかりなのだという。赤ん坊と三歳児の世話でてんてこまいの娘にとって、実の母が泊まりこみで手助けしてくれるのはありがたいらしい。

「そうはいっても、本人が帰る気になれば、無理にひきとめるつもりはないとも言ってるんですが」

言い換えれば、現時点では本人に帰る気がないということだ。そして、娘もそれにあえて反対はしていない。

「そもそも、どうして奥さんは出ていったんですか？　けんかしたとか？」

魚住がずけずけと聞き、徳井はひやひやする。

「おい、魚住」

「だって、出ていった理由がわかんなきゃ、どうやったら帰ってきてくれるかもわかんなくない？」

「特に心あたりはないですね」

吉野がもそもそと答えた。

「ない？　なんにもないのに出ていかないでしょう？」

「そりゃあそうでしょうけど、思いつかないものは思いつかないんですよ」

眉間《みけん》にしわが寄っている。

「魚住、やめろって。吉野さんすみません、立ち入ったことを」

徳井はあわてて割って入った。ついてきて正解だった。下手《へた》をすると、椅子の注文そのものが流れかねない。

「わたしはあなたがたに、椅子を作ってほしいと頼んでるんですよ。人生相談をしてるわけじゃない」

吉野がいらだたしげに言った。

そのとおりだ。これはあくまで、吉野夫妻の個人的な問題である。部外者が興味本位で聞いていいことではない。

「でも、椅子を作るには、お客さんの話を聞くことがすごく大事なんです」

吉野に負けず劣らずしかつめらしい顔で、魚住が食いさがった。

「座り手のことをよく知らないと、ぴったりの椅子は作れませんから。しかもこれ、仲直りのためのプレゼントなんですよね？　まずは奥さんの気持ちを理解しなきゃ、なにをあげたって意味ないですって」

前のめりになって、まくしたてる。こうやって夢中で話し出すと、もう誰にもとめられない。まして椅子にかかわる話である。

「とにかく、僕はいい椅子を作りたい。どんな椅子なら奥さんが喜んでくれるのか、一緒に考えましょうよ」

吉野がいよいよ本格的に怒り出すかと徳井は観念したが、意外にも、彼はぽかんとして聞いていた。魚住の勢いに毒気を抜かれたのかもしれない。

「奥さんの写真を見せてもらえませんか？　体つきや雰囲気がわかるような」

魚住に言われるままおとなしく立ちあがり、壁際の棚《たな》にたくさん並んでいる写真立てのうち、いくつかを選んで戻ってきた。

「これが一番最近のものだと思います」

ローテーブルに置かれた写真立てを、徳井と魚住は左右からのぞきこんだ。ヨーロッパだろうか。鋭い尖塔《せんとう》を備えたゴシック様式の教会の前に、中年女性が三人並んでいる。

「真ん中が家内《かない》です」

「うわ、美人ですね」

魚住が声を上げた。徳井も同感だった。いかにも温和そうな、おしとやかで品のいい奥様という風情である。夫を放って家出するようには見えない。

「いえ、そんな」

口では否定しながらも、吉野ははにかんだような笑みを浮かべた。彼の笑顔を、徳井ははじめて見た。

「いろんなところに行かれてるんですね」

残りの写真も、背景からして、どれも外国で撮《と》られたもののようだった。一枚目と同じく、女性どうし二、三人で写っているものもあれば、吉野夫人ひとりのものもある。

「家内は海外旅行が趣味でして。わたしはどうも飛行機が苦手で、めったにつきあわないんですが」

「これだと背丈がよくわかんないな……ご夫婦ふたりの写真ってありません？」

吉野がまた腰を上げ、再び棚の前に立った。全体を見回して、上のほうの段に手を伸ばす。

「すみません、最近のがなくて」

差し出されたのは、広々とした庭のような場所で、夫婦が並んで立っている写真だった。十年近く前、娘の結婚式で撮った一枚だという。吉野は今よりもひと回りやせていて、髪がふさふさと豊かだ。一方、妻の姿は、さっき見せてもらった旅先の写真とそんなに差がない。

「あんまり変わりませんね、奥さんは」

魚住が言う。奥さんは、のひとことはよけいなんじゃないかと徳井は少々あせったけれど、吉野は気を悪くしたふうでもなく、感慨深げに応えた。

「家内は太らない質《たち》で。体形は結婚前からほとんど変わってませんね」

「おいくつなんですか？」

「今年、六十になりました」

「うそ、うちの親より上？　見えねえな」

魚住はひとりごち、

「趣味は海外旅行なんですね？　他には？」

と重ねて聞いた。いつのまにか膝の上にクロッキー帳を広げている。さっき言っていたとおり、徹底的に情報収集をするつもりらしい。

「美術館に行くのも好きです。一時期、絵画教室に通っていたこともありました」

「性格は？」

「穏やかでひかえめな女です。感情的になることもめったになかった。まさか、突然家を出ていくなんて……」

吉野はがっくりとうなだれた。

「わたしは家内のことを、あまりわかっていなかったのかもしれない。三十年以上も一緒にいたのに」

とりなすつもりで、徳井は話題を変えた。

「家具は、どんな雰囲気のものがお好きでしょう？」

「さあ」

「こういうのがいいな、って奥さんが話してたことってないですか？　テレビや雑誌や、お知りあいの家を見たりして」

吉野はしばし考えこんだ。

「あっ。そういえば、前にテレビでやってた映画で」

「どんな映画ですか？」

「タイトルは覚えてないけど、日本の映画でした。日本人の女性が、どこか外国で食堂を開くとかいう。そこの内装がすてきだって、絶賛してました」

「それ、知ってるかも」

魚住が身を乗り出した。

「おれもタイトルはわかんないけど、観たことある。北欧が舞台じゃないですか？椅子は、白木のシンプルなやつで」

さすが魚住、映画のタイトルは思い出せなくても、登場した椅子は覚えているらしい。

「たぶん。少なくとも、これとは全然違いました」

吉野が自分の座っている椅子のひじかけをぽんぽんとたたき、誰にともなくつぶやいた。

「家内は戻ってくるでしょうか？」

「大丈夫ですよ。任せて下さい。奥さんの機嫌が直るような椅子を作りますから」

魚住が自信たっぷりに請《う》けあった。


帰り道に寄ったコンビニで、魚住にせがまれてアイスクリームを買い、家に戻ってじいちゃんと三人で食べた。縁側《えんがわ》に出ると、かしましいせみの声が降ってくる。

「やっぱ夏はアイスだね」

徳井の右側に座った魚住も、左のじいちゃんも、あっというまにカップを空にしてしまった。甘党のふたりに挟まれて、徳井だけがちびちびと食べている。

「ねえ徳井さん、吉野さんの椅子、どんなのがいいかな？」

「魚住、なんか思いついたんじゃないの？」

任せろと太鼓判《たいこばん》を押すからには、どういう椅子を作るのか、めどが立ったのかと思っていた。

「いや全然」

「大丈夫か？　安請《やすう》けあいして」

「だって、かわいそうだったんだもん。あんなにしょげちゃって」

「何十年もそばにいた連れあいが急にいなくなったら、こたえるだろう」

じいちゃんがのっそりと腰を上げ、徳井の左隣から魚住の右隣へと移動して、たばこに火をつけた。そっちが風下《かざしも》なのだ。

「そういうもんなの？」

じいちゃんからたばこを一本もらった魚住が、首をかしげた。

徳井にも、ぴんとこない。結婚しない限りはぴんとこないのかもしれない。じいちゃんのように死んで会えなくなるのと、吉野のように生きているのに会えないのと、どっちがつらいものだろうか。

「うちの親なんか、めちゃくちゃ冷えきってるけどね」

「夫婦のことは、他人にはわからんよ。たとえ息子でも」

「わかりたくもないよ、あのひとたちのことなんて」

むきになって言い返した魚住を、じいちゃんがたしなめた。

「親をそんなに悪く言うもんじゃない」

「いや、じいちゃんだって、うちの親に会ったらうんざりするよ。特に父親」

魚住はいまいましげに言い捨てる。

「相性悪すぎて、血がつながってないんじゃないかって本気で疑ってたからね。まあ、向こうもそう思ってるだろうけど。おれがあのひとの期待に応えられたのは、小学校受験まで」

苦学の末に成功した父親は、息子には最高の教育を受けさせたいと考えた。小中高とエスカレーター式の名門私立校に無事合格したところまではよかったが、残念ながら、当の本人は勉強が大きらいだった。

「学期末に通知表を見せるのが、いやでいやで。何時間も平気で説教するんだよ。お前は努力が足りない、恵まれた環境にいるのに怠けてる、親として情けないし恥ずかしい、って。そんなこと言われても、できないもんはできないっつうの」

魚住が父親についてここまで詳しく話すのははじめてだった。仲がよくないのは知っていたけれど、予想以上に溝は深そうだ。

「唯一、図画工作だけは成績がよくて。絵も工作も好きだったしね。小三のとき、絵のコンクールかなんかで賞をもらったんだ。おれもガキだからさ、あのひともさすがにほめてくれるんじゃないかと思っちゃったんだよな」

そしたら、と魚住は放り投げるように言った。魚住らしくもない、とげとげしい声だった。

「なんて言われたと思う？　絵なんか描いてるひまがあったら勉強しろ、ってさ。遊んでばっかりじゃろくなおとなになれないぞ、だって」

絵を描く仕事だってあるじゃないか、と魚住少年は頭にきて反撃した。まともなおとなは手じゃなくて頭を使って働くもんだ、と父は冷ややかに答えた。じゃあゴッホは？　ピカソは？　憤然《ふんぜん》として言い募る息子を、父親は鼻で笑ってみせた。画家として大成できるのはひとにぎりの天才だけだ。お前にそんな才能があるわけないだろう。現実を見ろ。

「ああ無理だ、って子ども心に思ったね。このひととは一生わかりあえないだろうなって。大あたりだよ、今もあのときと全然変わんない」

魚住は無表情で言い放つ。

「ま、おかげで打たれ強くはなったけどね。ちょっとやそっとじゃへこたれないよ」

「確かにな。お前のしぶとさは、たいしたもんだよ」

重苦しい雰囲気をどうにかしたくて、徳井はあえて茶化してみた。魚住がたばこの煙を深々と吐き、力なく笑った。

「徳井さんには、ないよね？　お前はだめだって頭ごなしに決めつけられたこと」

徳井は返事に詰まった。無言で、風に流れていく煙を目で追う。

「いいよな。おれも、じいちゃんやばあちゃんみたいな親がほしかったよ」

「おれは律の親父《おやじ》じゃないけどな」

じいちゃんが訂正すると、魚住は眉を上げた。

「親じゃなくて、祖父って意味？　そんなの言葉の問題だけでしょ、別にどっちでもよくない？　大事なのは、子どもをどう育てるかじゃないの？」

徳井はぽかんとした。おそらく、じいちゃんも。魚住が不満げに首をかしげる。

「違う？」

違わない。だからこそ、徳井は驚いたのだ。

長年、徳井にはうまく言葉にできなかった違和感を、魚住はさらりと言いあててみせた。両親はいなくても、じいちゃんとばあちゃんがいる。祖父母という呼び名がつくだけで、実質的には変わらない。周りから親がいないことを同情されるたびに、徳井はそう感じていた。

「ごめん、ながながと変なこと話しちゃった」

魚住が照れくさそうに首を振って、空になったアイスクリームのカップの底にたばこを押しつけた。

「ともかく、吉野さんとこの今の椅子は、全然だめだよ」

と、急に話を戻す。

「主張しすぎだし、他の家具とも合ってなかったし。どこの国のだろうな。日本人にはちょっとごついよ。特に奥さんには」

「ご主人も悪気はなさそうだったけどな」

「そこがまた無神経じゃない？」

魚住は容赦《ようしゃ》ない。

「奥さん、あの椅子に座るたびにちょっといやな気持ちになってたんだよ、きっと。おれならなる。それが積もり積もって、爆発したんだな。だとしたら、新しい椅子をプレゼントするって名案かもね」

吉野ははじめ、洋服かアクセサリーといった身につけるものを贈ろうと考えたらしい。ところが、いざ店に入ってみて愕然《がくぜん》とした。どれが妻の好みに合うのやら、さっぱり見当がつかなかったのだ。しかたなく娘に助けを求めたら、わたしが選んでも意味がない、とつっぱねられた。そんないきさつもあって、妻のことをわかっていないと自嘲《じちょう》ぎみに嘆いていたのだろう。

「椅子なら、ふたりで一緒に使えるしな」

じいちゃんもうなずいた。

「そうそう。あの夫婦にとって、食事の時間ってけっこう大事だと思うんだよね。共通の趣味もないって言ってたし、ふたりで過ごすのはめし食うときくらいでしょ。だから、食卓の椅子は重要だよ」

魚住にしては鋭い。椅子がからむと、いつになく頭が冴《さ》えるようだ。

「どうせなら、今のとはがらっと印象変えたいな。曲線的で華奢《きゃしゃ》なやつがいい。ひじかけもないほうがすっきりするかも」

魚住がすっくと立ちあがった。縁側の足もとに並べてあったじいちゃんのつっかけをはき、庭に出る。

「ちょっと待ってて。描くものとってくる」

作業場のほうへ走っていく背中を見送って、じいちゃんが二本目のたばこに火をつけた。

「よかったな、仕事が入って。これもふたりで作るのか？」

「たぶんね」

魚住は完全にそのつもりだろう。たとえ徳井が断っても、一生のお願いだとまたもや懇願してくるに違いない。徳井としても、にっちもさっちもいかなくなったあげくに助けを乞われるよりは、最初から手分けして進めるほうがやりやすい。

「じゃあ、修理の仕事のほうは」

どうするんだ、と聞かれるのだろうと思った。でも違った。

「できるだけ手伝うようにするから、心配するな」

徳井が答えるよりも先に、

「ひらめいた！」

と魚住が作業場から飛び出してきた。片手に持ったクロッキー帳を振り回しながら、母屋のほうへ駆け戻ってくる。

「じいちゃん、椅子は夫婦で一緒に使えるのがいいって言ったよね？　おれもそう思う。椅子は、ふたりで、毎日使える」

魚住は息をはずませ、じいちゃんと徳井を交互に見た。

「夫婦椅子《めおといす》って、どうかな？」

「めおと？」

「そう。夫婦箸《めおとばし》とか、夫婦茶碗とかあるでしょ？　あれと同じ。おそろいのデザインで、サイズだけ微妙に変える」

「そんなの、できるのか？」

「テーブルとの兼ねあいもあるし、バランスとるのはちょっと難しいかも。でも、やってみようぜ」

　魚住がうきうきと言って、クロッキー帳を開いた。


　ひと組の夫婦椅子は、お盆《ぼん》の直前にできあがった。

　吉野からは盆休みまでにしあげてほしいと頼まれていた。妻が娘一家と家に来るので、そこで完成した椅子を見せ、そのままとどまってもらおうという算段らしい。

　詳細な図面をひく前に、魚住が描いたスケッチを吉野に確認してもらった。自然なまるみを帯びた、ひじかけのないシンプルな椅子である。背面は一枚板ではなく、ひらべったいハート形の背もたれと座面の間に、スポークと呼ばれる細い棒状の部材を縦に並べてつなぐ構造になっている。

できるだけ座り手の体に合わせて作りたいと魚住が言い張り、採寸までさせてもらった。妻の分は、背格好が似ている菜摘に代役を頼んだ。いしやま食堂ではじまった話でもあり、経過は気になっていたようで、ふたつ返事で承知してくれた。ただし、いざ下半身のサイズをはかられる段になると、顔がこわばっていた。お尻をさわらせてよ、と魚住が無邪気に持ちかけたのは、にべもなく断られた。そんなことでめげる魚住ではなく、食堂で立ち働く菜摘の後ろ姿を凝視《ぎょうし》しては、いやがられていたが。

素材は無垢《むく》のブラックチェリー、つまりサクラ材にした。吉野邸の前庭にみごとな大木が植えてあったのを魚住が覚えていて、彼に提案したのだ。徳井はそんなところまで見ていなかったので、魚住の観察眼を見直したのだが、後から聞けば、毛虫が落ちてきやしないかとびくびくしていたらしい。

図面は魚住が描き、ところどころで徳井も相談を受けた。双方の主張が食い違う場合もあった。たとえば、見た目を重視しがちな魚住がほっそりとした脚にこだわる一方で、徳井は多少太くしてでも強度を確保したい、といったようなせめぎあいである。実作業に入ってからも、気になるところが出てくるたび、ふたりで話しあった。一度だけ、スポークを四本にするか五本にするかでどうしても折りあいがつかず、じいちゃんにまで意見を求めるはめになった。

苦労の甲斐《かい》は、あったようだ。

「ぴったりだ」

徳井たちが自宅まで届けた椅子に腰かけるなり、吉野は目をみはった。

「これ、木なんですよね？　もっとやわらかい、クッションかなにかの上に座ってる感じだけど」

「体の曲線に合わせてるので、安定するんですよ」

魚住がうれしそうに説明した。

「奥さんの椅子のほうも、なにか気になることがあれば、いつでも連絡下さい。可能な限り手直しします」

吉野の座っている椅子のすぐ横に、もう一脚が置いてある。そっくり同じもののように見えるけれども、実はわずかに座面が高い。反対に背もたれは低く、それぞれについているカーヴも微妙に違う。

「ありがとうございます」

吉野も隣の空席に目をやった。仲よく並んだおそろいの椅子は、魚住が名づけたとおり、長年連れ添った夫婦を彷彿《ほうふつ》させる。

「家内もきっと気に入ると思います。こういうデザイン、いかにも好きそうだ」

立ちあがり、目を細めて二脚を見比べている。徳井は小さく笑った。

「吉野さん、奥さんの好みをちゃんとわかってるじゃないですか」

「本当だ」

うっすらと口を半開きにして、吉野は答えた。


吉野の家を辞した後、徳井は山のほうへと車を走らせた。

市内をつっきって流れる川の上流で開かれる、いしやま食堂主催のバーベキューは、毎夏の恒例行事となっている。徳井が子どもの頃からやっていた。常連客のほか、彼らが家族や知りあいも連れてきて、三、四十人もの大所帯になる。吉野も一応誘ってみたが、妻の帰宅に向けて家の大掃除をしなければならないから、と断られた。この暑い中、気合が入っている。

いつもの河原で、宴《うたげ》はもうはじまっていた。

参加者が持ち寄ったのだろう、かたちの違うバーベキューコンロが三つと、キャンプ用のテーブルや椅子が数組、砂利の上に据えてある。おとなたちは紙皿を手に談笑し、子どもたちは水辺ではしゃいでいる。石山家の車に便乗して一足先に現地入りしたじいちゃんの姿もあった。

「あ、来た来た」

ふたりにいちはやく気づいた菜摘が、クーラーボックスから缶ビールを二本、てきぱきと出してくれた。

「今、吉野さんとこに椅子を届けてきたんだよ」

水滴のついた缶で乾杯しながら、魚住が報告した。

「そうなんだ。気に入ってもらえたの？」

「ばっちり。これで吉野家は安泰《あんたい》だよ。一件落着、めでたしめでたし」

無責任に断言し、のどを鳴らしてビールを飲みはじめる。

「そっか。よかったね」

「奥さんがどう出るかは、まだわかんないけどな」

徳井は横から釘を刺した。

「大丈夫に決まってるって。徳井さんって、なんでそんなにネガティブなの？」

「お前はなんでそんなに能天気なんだよ？」

「おっ、うまそうなにおい」

魚住は返事のかわりに鼻をひくつかせると、バーベキューコンロのほうへ猛然《もうぜん》と突進していった。

「奥さんも気に入ってくれるよ。あの椅子、すごくすてきだったもん」

ひとり残った徳井に、菜摘が言った。

「それに、プレゼントをもらうってこと自体、わくわくするんじゃない？」

「ああ、それはあるかもな。これまでそういうの、ほとんどやってなかったみたいだから」

「しかもオーダーメイドでしょ？自分のための特別な椅子だよ。きっと喜ぶ」

励ましてもらううち、徳井も少しずつそんな気がしてきた。

「ありがとう。菜摘も協力してくれて」

「役に立ててよかった。魚住くんのこだわりっぷりには、ちょっとびっくりしたけどね」

菜摘もビールをすすり、魚住のほうを見やった。

「ああいう顔もするんだね、魚住くん」

「ああいう顔？」

魚住は紙皿に肉をこんもりと盛って、すごい勢いで食べている。食い意地の張った、いつもの魚住である。

「今じゃなくて、椅子作ってるとき」

菜摘が言い直した。

「真剣っていうか、一生懸命っていうか。ほんとに好きなんだね。夢に向かってまっしぐらって感じ」

「もうちょっと現実を見てほしいけどね、おれは」

「そう？　あんなに打ちこめるものがあるなんて、うらやましいよ。こっちまで応援したくなっちゃう」

菜摘はあくまで魚住の肩を持つつもりらしい。徳井はそれ以上言い返さず、ビールをあおった。まったく、誰もかれもがあいつに甘い。

とはいえ徳井も、うらやましいという菜摘の気持ちはわからなくもないのだった。安定して注文がとれるのか、食っていけるのか、そういう雑念を魚住は一切持ちあわせていない。ただ純粋に、満足のいく椅子を完成させることだけに集中している。

「まあ、それを言うなら、律ちゃんもそうか」

「へ、おれ？」

いきなり言われて、戸惑《とまど》った。

「うん。才能を活《い》かして働けるって、すごいよ。わたしはそういうの、なんにもないもの」

「別にすごくなんかないよ。おれは魚住に手伝わされてるだけだし」

かといって、いやいややらされているわけでもない。椅子が無事にしあがれば、達成感もある。反面、結果的に魚住の思いどおりに踊らされて釈然《しやくぜん》としない気もする。

「ふうん。それにしては楽しそうだけど」

菜摘がからかうように言って、徳井の顔をのぞきこんだ。ビールが回ってきたのか、頬《ほお》がうっすらと上気している。

「工房、早く軌道《きどう》に乗るといいね」

「工房なんて、そんな立派なもんじゃないよ。やっとひとつ注文が入っただけだし」

「弱気だねえ。またネガティブって笑われちゃうよ」

「人並みの常識と分別があるだけだって」

徳井はむっとして反論した。

才能を活かして働けるなら、むろんすばらしいけれども、世の中はそんなに甘くない。生計が立てられない限り、それは仕事ではなく趣味にすぎない。たった一件の注文をこなしただけで図に乗ってはいけない。魚住みたいに舞いあがっていないで、冷静に今後を見据えて気をひきしめるべきだろう。

「だいたい、あいつもいつまでここにいるつもりなんだか」

「いつまでって?」

菜摘が目を見開いた。

「ここで工房やるんじゃないの?」

責めるような口ぶりに、徳井は幾分《いくぶん》たじろいだ。

「だって、あいつにとっては、この町って別に縁もゆかりもないんだよ」

「律ちゃんがいるでしょ。おじちゃんも」

菜摘は不服そうに言う。

「ずっとここにいればいいのに。魚住くんも、律ちゃんも」

川のほうからぬるい風が吹いてきた。ふたりの頭上で、木々のこずえがざわざわとしなる。

「おれは……」

ここにいるよ、と続けかけ、徳井はためらった。うそではない。当面は、ここにいるつもりだ。じいちゃんがいる。仕事もある。

でも、菜摘は「ずっと」と言っているのだ。自分はずっとここにいると、たぶん覚悟の上で。

挑むようなまなざしで、菜摘は徳井を見上げている。目の縁《ふち》がほんのりと赤い。ちらちらと揺れるこもれびが、頰にいびつな水玉模様を描いている。

気詰まりな沈黙を破ったのは、間延《まの》びした呼び声だった。

「徳井さん、ちょっといい？」

バーベキューコンロの傍らで手招きしている魚住のほうへ、徳井は足を向けた。菜摘はついてこなかった。

「お客さんだよ」

魚住のそばに立っていた若い男女が、ぺこりと頭を下げた。

「はじめまして」

ぴったりと寄り添い、同じ紺色のシャツとワンピースをそれぞれ身につけ、これもおそろいの、幸福そうな笑みを浮かべている。

「穴吹《あなぶき》サトルくんと、リエちゃん。おれら三人、同い年なんだよ」

魚住が言う。ということは、彼らも徳井よりひとつ年下である。

「どうも。徳井です」

徳井も名乗った。穴吹サトルが妻と目くばせをかわし、口を開いた。

「子ども用の椅子を、作っていただきたくて」

「子ども用？」

夫婦椅子の第二号を作るのだとばかり思っていた徳井は、意表をつかれた。

「今、七カ月なんだって」

魚住が口を挟《はさ》んだ。リエがそっとおなかに手を添えてみせる。よく見たら、かなりふくらんでいる。体の線を拾わない、ゆったりとしたワンピースだから、気づかなかった。

「ファーストチェア、っていうんですか？　前に雑誌で読んで、ずっと気になってたんです」

日本語に訳すと、はじめての椅子――子どもにとって生まれてはじめて座る椅子、という意味だろう。

「だけど、お店で売ってるところは見たことないし。どうしたら手に入るのかなと思ってたんですよ」

「そしたら、魚住くんが椅子工房をやってるって聞いて」

「こんなところで知りあえたのも、なにかのご縁かなって」

くちぐちに話す夫婦には気づかれないよう、徳井はため息をのみこんだ。工房をやっている、とはまた大きく出たものだ。ふたりのはずんだ口ぶりからして、今のところ受注実績はまだ二脚きりだというのは伝わっていないのだろう。

「ファーストチェアを作るのははじめてだけどね」

徳井の気も知らず、魚住は陽気に言う。リエがくすりと笑った。

「じゃあ、正真正銘《しょうしんしょうめい》のファーストチェアってこと？」

「そうだね。腕が鳴るな」

言いたいことはいろいろあるが、さしあたり沈黙を守っていた徳井に、

「あの、すみません」

とサトルが申し訳なさそうに声をかけた。

「実は僕ら、今日はそろそろ行かないといけないんです。これから親戚の集まりがあって。また今度、あらためて相談させて下さい」

「あわただしくてごめんなさい」

リエも謝る。ぼろが出ないうちにこの場をお開きにできて、徳井はかえってほっとした。

連絡先を交換して、穴吹夫妻はあわただしく帰っていった。

「ファーストチェアって、はじめて聞いたよ」

徳井が言うと、魚住はすましてうなずいた。

「うん、おれも。はやってんのかな？」

「なんだよ、あんなに盛りあがってたくせに」

子どもが人生ではじめて出会う椅子だから、ぜひふさわしいものを、とついさっきまで熱弁をふるっていたのに。

「だって、知らないって言ったらしらけるもん」

魚住はとことん悪びれない。

「大丈夫なのか？　また安請《やすう》けあいして」

「まあ、なんとかなるでしょ。小さい頃からいい椅子に座らせるって、よさそうだよね。椅子好きに育つかも」

のんきに言って、バーベキューコンロをのぞいている。肉と野菜はあらかた食べつくされ、菜摘の父親が焼きそばを作っていた。

「おじさん、ちょっとちょうだい」

魚住が紙皿を差し出した。香ばしいソースのにおいに、徳井の腹も鳴った。そういえば、ビールばかり飲んで、まだほとんど食べていない。

焼きそばをよそってもらい、ふたりで手近な椅子に座った。

「ほんとは夫婦椅子を売りこむつもりだったんだけどね。自分たちの椅子は、結婚するときに買ったばっかりなんだって」

茶色く染まったそばをせっせと口に運びつつ、魚住が言った。

「なんだ、最初から営業するつもりだったのか」

「こんなに大勢いるんだから、宣伝するチャンスでしょ？」

「魚住、なんにも考えてないようで、実は考えてるんだな」

徳井はちょっと感心した。

「なんだよそれ。めちゃくちゃ考えてるって」

ずっと放置していたSNSも、今月になって再開したのだという。

「夫婦椅子の写真もアップしてみた。食堂に置いてもらってる、カエデのも。いきなりじゃんじゃん売れはしないだろうけど、評判はいいよ」

特に大学時代の知りあいには、建築やデザインがらみの仕事をしている者も多いから、その伝手で依頼が入るかもしれない。

「徳井さんは、なんかやってないの？」

「いや。そういうの、めんどくさくて」

それに徳井には、公私問わず、不特定多数に向けて発信したい情報などない。

「だろうね」

自分から聞いておきながら、魚住は即座に納得してみせた。最後のひとくちを咀嚼《そしゃく》して箸を置き、腹をさする。

「食った、食った。満腹だ」

周りはにぎやかだ。穴吹夫妻のように帰っていく者もいれば、こんな時間からひょっこり顔を出す者もいて、全体としては人数が増えているようだった。じいちゃんは川べりの岩場で顔見知りの常連客と喋っている。菜摘は中学の同級生と輪になって、なにやら話しこんでいる。

「あのへん、徳井さんも友達?」

魚住が菜摘たちを目で示した。

「顔がわかる程度だな。おれは違うクラスだったから」

「ファーストチェアに興味ないかな?」

あらためて見たら、菜摘を除いた女三人はそろって赤ん坊を抱いている。

「ひとつ完成してからのほうがいいんじゃないの」

まだどんな椅子になるかも決まっていないのに、気が早すぎるだろう。魚住はなにも考えていないようで実は考えている、と見せかけて、やっぱりそこまで深くは考えていないのかもしれない。

「まあ、そうだね」

ひきさがったものの、魚住の視線はまだ彼女たちに注がれていた。

「サトルくんたちもそうだけどさ、おれらの年齢でみんな立派に親になってるんだよな」

「東京だったら、もうちょっと遅くないか」

「どうだろ、たいして違わないんじゃないの？」

魚住がぐいと首をそらし、頭上をあおいだ。

「徳井さんて、子どもほしい？」

唐突な質問に、徳井は面食《めんく》らう。

「考えたこともないな」

「ほんと？　つきあってる彼女に、なんか言われたりしなかった？」

絶句していると、魚住に苦笑された。

「やっぱり？」

二年前までつきあっていた恋人とうまくいかなくなった理由が、まさにそれだった。

東京でも、とりわけ女性は、三十路《みそじ》が近づくにつれてあれこれ考えはじめるようだ。

二十代のうちに子どもを産みたいとか、そのためには一刻も早く結婚したいとか。彼女の勢いに、徳井はついていけなかった。好きだったはずなのに、長い一生をともに過ごすべき相手が彼女なのか、いざとなると確信が持てなかった。

「おれたちもそういうお年頃ってことなんだな」

魚住が物憂《ものう》げにつぶやいた。

「魚住は？　子ども、ほしいの？」

「よくわかんない。子どもそのものは、きらいじゃないけど」

いしやま食堂でも、たまに出かけるショッピングモールやスーパーでも、魚住は見知らぬ子どもによくなつかれている。話しかけられたり、足にまとわりつかれたり、まばたきもせず見つめられたり。一緒にいる徳井は、たいてい見向きもされないのに。

「子どもの扱い、うまいしな」

「でもおれ、親子ってもんに全然いいイメージないから」

この間の父親の話からすれば、無理もないのかもしれない。でもそれを言うなら、徳井には親子というイメージ自体がもともとない。

「ま、考えたってむだか。なるようになるよ、結婚も、子どもも」

魚住が椅子の背にもたれかかり、伸びをした。

「そんなことより、まずは工房を軌《き》道《どう》に乗せなきゃな」

菜摘と同じようなことを言っている。

気まずくとぎれてしまったさっきの会話が、徳井の脳内で再生された。おかしなぐあいに胸がざわついて、口を開く。

「まだ早いんじゃないか？」

「早いって？」

「その、工房、って言いかた。おおげさだろ、まだ二脚しか作ってないのに」

「今んとこ二脚だけど、これからどんどん作るよ。ほら、ファーストチェアだって」

魚住は機嫌よく言う。

「あれを合わせたって、たったの三脚だぞ」

声がとがっているのが、自分でもわかった。でも、なぜとがっているのかは、よくわからなかった。

「なんだよ急に、こわい顔して。やだな徳井さん、からみ酒？」

へらへら笑ってまぜ返され、ますます腹が立った。

「からんでなんかない。現実を見るべきだって言ってるだけだろ」

一段と険《けん》のある声が出た。魚住の目もとから、すっと笑みが消えた。

「現実、か。うちの父親にもよく言われたな、それ」

徳井は魚住から顔をそむけ、焼きそばの残りをかきこんだ。なんなんだよ、と思う。どうしてみんな、よってたかって、そんな冷たい目つきでおれを見るんだよ。夢のない、つまんないやつだ、みたいな目で。

だしぬけに、魚住が椅子から立ちあがった。

「なっちゃん、手伝おうか？」

ばかに明るい声を張りあげる。ごみ袋を手に、テーブルに残された空き缶や汚れた紙皿を片づけて回っていた菜摘が、振り向いた。

「ありがと、とりあえず大丈夫。そのお皿も、もういらない？」

ふたりの前まで近づいてきて、ごみ袋の口を広げる。たまたまなのか、わざとなのか、徳井とは目を合わさない。

魚住が汚れた皿をふたつに折って、袋の中に投げこんだ。徳井も機械的にならう。ソースとアルコールのまじったにおいが、むっと鼻をついた。

「そうだ。なっちゃん、写真撮ろうよ」

「いいよ」

菜摘がごみ袋を地面に置いた。

撮ってくれと徳井に頼むかと思いきや、魚住はさっと菜摘の肩を抱き、もう片方の腕をななめ上に伸ばして携帯電話をかかげた。頬を寄せあい、満面の笑みを浮かべているふたりを、徳井はぼんやりと眺める。

ずっとここにいればいいのに。

先ほどの、どこか切実だった菜摘の声が、耳もとによみがえっていた。ずっとここにいればいいのに。魚住くんも、律ちゃんも。

ん？　徳井ははっとする。もしかして、そういうことか？

中学や高校のとき、菜摘は男子からそこそこ人気があった。幼なじみの徳井は、仲をとりもってほしいと頼まれたり、探りを入れられたりもした。菜摘に対してそういう感情を抱く男が存在するという事実に、徳井は当惑した。徳井にとって菜摘は、木登りの上手なカブトクイーンのままだった。

けれど菜摘ももう三十歳である。魚住もさっき言っていたとおり、それこそ子育てをしていてもおかしくないお年頃なのだ。

乾いたシャッター音を聞きながら、徳井はふたりから目を離せなくなっていた。


バーベキューの日から三日間は、徳井たちも盆休《ぼんやす》みをとった。修理の仕事も、椅子作りも、一切しないと決めていた。

その最終日の朝、徳井は魚住にたたき起こされた。

「徳井さん、起きて」

薄目を開けると、魚住の足が視界に入った。畳《たたみ》に敷いたふとんの枕《まくら》もとに、仁王《におう》立ちになっている。

「どうしたんだよ。こんな朝っぱらから」

ふだんとは逆だった。日頃は、寝起きの悪い魚住を、徳井かじいちゃんが無理やり起こしている。

「腹へったんだったら、なんか適当に食ってて」

あくびまじりに言い渡し、徳井はまぶたを閉じた。明日は朝から仕事がぎっちり詰まっているのだ。今日くらいはゆっくりしたい。

「違う、めしなんかどうでもいい。おれ、なっちゃんとこに行かなきゃいけなくて」

せっぱつまった早口で、魚住が言った。

「は？　今？」

徳井は再び目を開けた。魚住は畳に膝をつき、こちらをのぞきこんでいる。

「今すぐ。ついさっき電話があって、呼ばれた」

「電話？」

「だから、早く行かなきゃ」

まだ半分寝ぼけている徳井の頭にふっと浮かんだのは、カメラ目線のふたりの笑顔だった。目の前にある魚住の顔は、あのときとはうってかわってひきつっているけれども。

徳井は寝返りを打って、うつぶせになった。

「いいよ、行ってきな。気をつけてな」

「いや、徳井さんも一緒に来て」

「おれも？　なんで？」

「緊急事態なんだよ」

魚住が情けない声を出す。

「ねえ起きて、一生のお願い」

しつこく肩を揺さぶられ、徳井はしぶしぶ体を起こした。

舗装されていない砂利道に、真夏の強い陽ざしが照りつけている。時折車は通るものの、歩いているのは徳井たちふたりだけだ。せみが声を限りに鳴いている。

「おれ、なっちゃんとふたりで写真撮ってたでしょ？　おとといのバーベキューで」

魚住はあの写真をSNSに投稿したのだそうだ。〈いしやま食堂の看板娘、なっちゃんと！〉と文章を添えて。

「それ見られて、誤解されちゃったらしくてさ」

「誤解？」

「そう。なっちゃんとおれがつきあってるって。で、なっちゃんのところにどなりこんできたみたい」

ようやく、徳井にも事態がのみこめてきた。
一、二カ月前、菜摘に恋人はいないと魚住は訳知《わけし》り顔で言っていたが、そうではなかったようだ。あるいは、最近になってつきあいはじめたのかもしれない。いずれにせよ彼は、恋人と見知らぬ男のツーショット写真が気に食わなかったのだろう。
「そういうんじゃないって、なっちゃんも弁解してくれたらしいんだけど、全然らちが明かないんだって」

「それ、おれが行っても意味なくない？」

不用意なまねをして誤解を招いた張本人である魚住は、責任をとって釈明《しゃくめい》なり謝罪なりすべきだろう。しかし、なぜ徳井まで巻きこまれなければいけないのか。しかも、このくそ暑い中、汗だくになって。

「なくないよ。徳井さんからもちゃんと証言してよね。おれとなっちゃんは、そういう関係じゃないって」

ついこの間までは、徳井と菜摘がお似合いだとひとり勝手に盛りあがっていたくせに、調子がいい。

「本当に、そういう関係じゃないんだよな？」

仲睦《なかむつ》まじげに寄り添っていたふたりの姿を思い起こしつつ、徳井は念のため確認した。魚住が激しく首を振り、額《ひたい》の汗を手の甲で拭《ぬぐ》った。

「ないってば。あたりまえでしょ。勘弁してよ、徳井さんまで」

でもあの日、魚住と菜摘は確かにひどく親密に見えた。そうした男女の機微には疎《うと》い徳井でさえ、もしや菜摘は魚住に気があるのでは、とちらりと疑ってしまったほどである。

だが、それもまた誤解だったということになる。菜摘にはちゃんとした相手がいるのだ。浮気の疑惑を必死に晴らそうとしているということは、相応の想《おも》いもあるに違いない。

「あ、電話だ」

魚住が短パンのポケットを探った。なっちゃんから、と徳井に言い置いて、話しはじめる。

「もしもし？　うん、もう家は出た。ほんとごめん。いや、徳井さんも一緒」

菜摘がつきあっているのは、どんな男なんだろう。知りあいだったら気まずいな、と思う。この近所の人間なのだとすれば、ありえなくもない。

それにしても、たかが写真一枚でそこまで目くじらを立てるなんて、嫉妬《しっと》深い性質《たち》なのだろうか。菜摘自身は、あまり細かいことにはこだわらないさっぱりとした性格なのに、意外な気もする。けれど公平に考えれば、自分の恋人によその男があやってなれなれしくくっついていたら、不愉快《ふゆかい》になるのもしかたないかもしれない。いずれにしても、血の気が多い男ではないよう祈りたい。魚住はどう見てもけんかが強そうではないし、徳井も腕っぷしには自信がない。もし殴りかかってこられたりしたら、うまく仲裁《ちゅうさい》できるだろうか。

「もうすぐ着くから。ほんとにごめん、迷惑かけて」

何度もぺこぺこと頭を下げて電話を切った魚住に、徳井は聞いてみた。

「どんな感じ？」

「こじれてるっぽい……」

「菜摘は大丈夫か？」

にわかに心配になった。相手の男は暴れたり騒いだりしていないだろうか。店には菜摘の両親もいるのだろうか。

「かなり怒ってるみたい」

「怒ってる？　菜摘が？」

「なっちゃんも。ふたりとも」

魚住が心細げに徳井を見上げた。

「徳井さんも、怒ってるよね？　めんどくさいことになっちゃってごめん」

いつになく殊勝《しゆしよう》に謝ってみせる。菜摘に怒られたのがこたえているのだろうか。ふだん温厚な人間が腹を立てると、独特の迫力がある。休火山が突然噴火するようなものだ。ばあちゃんがそうだった。ひとたび火の手が上がったら、じいちゃんも徳井もひたすら身を縮めて鎮《しず》まるのを待つほかなかった。

「ほんと、ばかなことしちゃったなあ」

うなだれている魚住に、少しだけ同情する。魚住ばかりを責めるなんて、菜摘もちょっと勝手じゃないか。なにも無理に撮られたわけではないのに、今さら被害者ぶるのはおかしい。それとも、恋人の手前、そういう態度をとらざるをえないのか。よっぽど彼のことが好きなのか。

いったいどんなやつなんだろう。

再び考えかけて、徳井はゆるく頭を振る。菜摘が誰とつきあおうが、そいつのことをどれだけ好きだろうが、おれにはなんの関係もない。

食堂の店先にのれんは出ていなかった。夜の営業時間中には、引き戸のすりガラス越しにあかりがこぼれ、奥のざわめきももれてくるけれど、今はなんの気配も読みとれない。

魚住が長いため息をひとつつき、そろそろと戸を開けた。徳井も続いて店内に足を踏み入れる。手前のテーブルに座っていた菜摘が、はじかれたように立ちあがった。

その向かいに腰かけている相手の姿をひとめ見て、徳井は息をのんだ。

顔見知りではなかった。血の気の多そうな男でもなかった。そもそも、男ですらなかった。

ほっそりとした女の子だった。淡い水色の、袖のないワンピースを身につけている。むきだしになった華奢な肩と腕が、驚くほど白い。年頃は高校生くらいだろうか。きれいな子だ。つぶらな瞳といい、なめらかな肌といい、つやつやしたまっすぐな黒髪といい、人形めいてさえいる。

「光くん」

大きな目をいっそう見開いて、魚住を凝視している。徳井も菜摘も視界に入っていないようだった。

「ひさしぶり」

魚住がぼそぼそと応えた。

「光くん」

それしか言葉を知らない幼児のように、彼女が繰り返した。美しいアーモンド形の双眸《そうぼう》にみるみる涙がたまっていく。青白い頬に、ほんのりと赤みがさしてきた。

道すがら想像していたのとはまったく違うかたちの修羅場《しゅらば》を目のあたりにして、徳井は立ちつくした。よくよく彼女の顔を見れば、強いまなざしにみなぎっているのは、悲しみではない。怒りだ。涙がひと筋、頬をつたって、ワンピースの胸もとにまるい染《し》みを作った。

「魚住くん、説明してくれる？」

菜摘が硬い声で言い、手のひらでテーブルを示した。なぜか、もともと座っていた椅子ではなく、美少女の隣に移動して腰を下ろす。

魚住がひきずるような足どりでテーブルに近づいて、彼女の真正面に座った。徳井はその横、菜摘の向かいの席についた。彼女は魚住の顔から目を離さない。見つめている、というか、にらみつけている。

「えっと、まず」

魚住がかしこまって切り出した。

「なっちゃんとおれは、そういう関係じゃない。つまり、つきあったりとか、そういうんじゃない。そこははっきりさせておきたい」

菜摘も大きくうなずいてみせた。魚住が助けを求めるように、徳井にも声をかける。

「ねえ、徳井さん？」

「ああ、うん」

彼女が魚住の視線をたどり、ついと黒目を動かした。遅まきながら徳井の存在を認識したようだった。

「徳井です。はじめまして」

この状況で自己紹介をするのもおかしいような気はしたが、あえて言ってみた。わけもわからないまま、わけのわからないやりとりに巻きこまれていることへの抗議も、いくらかこめて。

意外にも、彼女は剣呑《けんのん》な目つきをわずかに和《やわ》らげ、優雅に会釈した。

「はじめまして。神林胡桃《かんばやしくるみ》です」

カンバヤシ、と徳井は頭の中で繰り返した。その名前、どこかで聞いたことがあるような、ないような。

徳井が記憶を探りあてるよりも先に、神林胡桃が口を開いた。

「神林工房の娘です」

言い放ち、また魚住に目を戻す。

「な、これで胡桃もわかっただろ？　おれとなっちゃんができてるとか、ありえないよ。なっちゃんは徳井さんのアレなんだから」

アレってなんだよ、と徳井が口を挟もうとしたら、テーブルの下で魚住に思いきり足を蹴られた。

胡桃は眉を寄せ、徳井と菜摘をじろじろと見比べている。よく考えれば、これでまるくおさまるなら、よけいな口出しは慎《つつし》むべきかもしれない。アレがなにを指すのか、いろんな選択肢がありうる。幼なじみ、友達、知りあい、どれもうそじゃない。菜摘も徳井と同じ意見なのだろう、無言で目をふせている。

胡桃がおもむろにうなずいた。

「そうだったんだ」

なにかのスイッチを切り替えるかのように、何度かゆっくりとまばたきをしてから、菜摘のほうへ向き直る。

「さっきは失礼なことを言って、ごめんなさい。つい、かっとなっちゃって」

いえいえ、と菜摘が表情をゆるめた。

「もとはといえば、あんな写真をのせた魚住くんが悪いんだし」

「それにしても、突然押しかけてしまって本当に申し訳ありませんでした。菜摘さんのことも疑ったりして」

胡桃はしおらしく言う。ついさっきまで、すさまじい形相《ぎょうそう》で魚住をねめつけていたのとは別人のようだ。いかにもお嬢様然とした上品な物腰《ものごし》は、業界屈指《くっし》の名門である神林工房の娘にふさわしい。

「でもおかげさまで、光くんの居場所がわかってよかったです。ずっと心配してたんです。いきなり出ていっちゃったきり、連絡しても全然返事をくれないし」

SNSの投稿から、このあたりで暮らしはじめたところまではわかったものの、具体的な住所まではつきとめられなかった。いしやま食堂という固有名詞を手がかりに、やっと店の場所を探しあてられたそうだ。

「やっと会えて、すごくうれしい」

胡桃が幸せそうに微笑《ほほえ》んだ。

徳井は横目で魚住を見やった。こちらは、感動の再会には似つかわしくない、浮かない顔をしている。

「立ち入ったこと聞くようだけど、ふたりはつきあってるの？」

菜摘が遠慮がちに口を挟んだ。そこは徳井も気になる。胡桃が魚住にぞっこんなのは間違いない。とはいえ師匠《ししょう》の娘、それも未成年者に手を出すなんて、やっぱりまずいだろう。

「はい」

「いや」

ふたりの返事が重なった。

「わたし、別れる気はないからね」

胡桃がきっぱりと言った。

「だけど」

「全然ないから」

黙りこんだ魚住にかわり、菜摘が重ねて質問した。

「それ、ご両親はごぞんじ？」

「まさか。父がこんなこと知ったら、卒倒しちゃいます。ねえ？」

胡桃が魚住に向かっていたずらっぽく笑いかけた。魚住はかたくなに下を向いたま
ま、微動だにしない。

「別にわざわざ親に知らせる必要もありませんし。わたしももう子どもじゃないです
から」

「でも、そうはいっても」

菜摘が口ごもった。ああ、と胡桃が腑《ふ》に落ちた顔になる。

「ご心配なく。わたし、こう見えて二十三です。法的にも精神的にもおとなです」

そう言われてみれば、落ち着きはらった口ぶりは、しごくおとなびている。最初はさておき、平常心を取り戻してからの態度も、年齢相応か、それ以上にしっかりしていた。受け答えを聞く限り、頭の回転もかなり速そうだ。

「わたしが光くんを追いかけてここに来てることも、もちろん両親は知りません。話が変なふうにこじれる心配もありません」

胡桃が正面の魚住をじっと見た。

「だから帰ってきて、光くん」

幼い子どもに言い聞かせるような、穏やかな口調だった。

「お願い。帰ってきて。今ならまだまにあう」

魚住がのろのろと顔を上げた。

「いやだ」

と、ふてくされたように答える。

胡桃が眉を上げた。またさっきのように涙ぐまれたらどうしようかと徳井は一瞬はらはらしたけれど、彼女は泣きも怒りもしなかった。断られると見当がついていたのかもしれない。

「お父様のこと、まだ恨んでるの？」

徳井はそっと魚住の顔色をうかがった。恨む、という言葉の重苦しい響きは、なんとなく魚住に似合わない。

魚住が誰かを恨むなんて、そうとうのことだ。工房でそんなにひどい仕打ちを受けていたのだろうか。ここへやってきた当初、目に見えて疲弊《ひへい》していたのはそのせいだったのか。工房のやりかたが気に入らなくて辞めたとだけ聞いたが、魚住なりにいろんな苦労があったのかもしれない。

「光くんの気持ちもわかるけど、お父様も反省してるみたいだよ。こっちでも、まだ本格的に工房を立ちあげたわけじゃないんでしょう？」

胡桃にもの問いたげな目で一瞥《いちべつ》され、徳井も魚住にならって発言を控えた。

もしも魚住が、傷つき疲れ果てた末にここへ流れついたのだとしたら、無理やり帰すのもしのびない。そもそも、どのような事情があったにせよ、長年世話になっておきながら自ら飛び出したわけで、今さら合わせる顔もないだろう。

「お母様もお兄ちゃんたちも、きっと味方についてくれるはず。あんなふうに追い出すなんてやりすぎだって、みんなあきれてたから」

追い出す？

徳井が心の中で問い返したのが聞こえたかのように、魚住がちらっとこっちを見た。きまり悪そうにすぐ目をそらし、だらりと椅子の背にもたれかかる。

「追い出されたんだよ、おれ」

天井に向かって低くつぶやいてから、腰を上げた。

「ちょっと一服してくる」

魚住が外へ出ていった後、胡桃は眉《まゆ》をひそめて口を開いた。

「徳井さん、ごぞんじなかったんですか」

「あまり詳しくは」

徳井はあいまいに言葉を濁した。

「これまでにも何度か衝突はあったんです、父と光くん」

胡桃が入口のほうに目をやった。すりガラスに魚住の影が浮かんでいる。

「父は厳しいひとです。新しい職人さんが入ってきても、ほとんどが一年ももちません。しかも、期待してる弟子には特に厳しくあたるところがあって。光くんもそうでした。それは本人もわかってて、だからこそずっと耐えてこられたんでしょうけど」

悲しそうに言う。

「母や兄たちも間に立って、仲をとりもとうとはしたんです。ただ、父もがんこなもので、すっかりへそを曲げてしまって。光くんのほうも、一応は謝ったんですけど、やっぱり納得できてなかったんだと思います。ああ見えてプライドが高いから」

そうだろうか、と徳井は首をひねった。

徳井には、そうは見えない。魚住はやや自己中心的ではあるものの、徳井やじいちゃんの言うことにはおおむね従う。困ったときも、虚勢《きょせい》を張ったり自分で抱えこんだりせず、すぐに助けを求めてくる。求めすぎるくらいだ。

「だけど、徳井さんたちにも事情をちゃんと説明してなかったなんて。それでよく受け入れられましたね？」

胡桃に言われてやっと、ああそうか、と気づく。魚住が工房を出てきた理由をごまかしていたのは、そのプライドとやらのせいだったのかもしれない。師匠に見限られ、たたき出されたなんて、屈辱だったのだろう。

「でもこの機会に、徳井さんにお会いできてよかったです。前から光くんによく聞いてたんですよ。すごく才能のある職人さんだって」

胡桃が声を和らげた。

「いや、そんな」

なんと言ったらいいかわからず、徳井は話を変えた。

「魚住とは、長いんですか？」

「知りあったのは、光くんが弟子入りしてきたときだから、もう七年前ですね。つきあいはじめたのはおとといしです。うちの家族には内緒で、でもそれ以外はすごくうまくいってたんです」

胡桃が口をへの字にゆがめた。

「それなのに、別れようって」

魚住が姿を消した翌日、携帯電話に短いメッセージが届いたのだという。ごめん、別れよう、とだけ書いてあった。

「ひどくないですか？　そんな一方的に」

「ひどい」

菜摘がすかさず答えた。

「ですよね？」

胡桃の返事に、がらりと戸の開く音が重なった。

「それは悪かったと思ってる」

魚住の声は思いのほか落ち着いていた。

「ごめん。でも別れよう。おれは東京には戻らない。ここで椅子を作る」

せりふを読みあげるかのように、一本調子で続ける。ひとりでたばこを喫《す》いながら、考えをまとめていたのかもしれない。

胡桃は魚住をしばらく見つめていた。徳井の予想に反して、悲しそうではない。上等な木材を前にした職人が、さてどうやって木取りをしようかと思案しているかのような、鋭いともいえる目つきだった。

「わかった」

徳井はまたびっくりした。これも予想外に、聞きわけがいい。先ほどまでの剣幕《けんまく》からして、もっとねばるのかと思った。

胡桃はにっこりして言い添えた。

「じゃあ、わたしもここにいる」

作業場に足を踏み入れた胡桃は、きょろきょろと左右を見回した。

「へえ、すごい。秘密基地みたい」

同じ椅子を作るための場所とはいえ、彼女の実家とここでは似ても似つかないのだろう。魚住は中を案内してやるでもなく、さっさと作業台の奥に座ってパソコンを開いている。

「じゃまするなよ」

「しないよ。約束したでしょ」

胡桃がつんと肩をそびやかす。

「約束は守るもの、わたしは」

わたしは、に抑揚《よくよう》がついている。

胡桃が魚住と菜摘の写真を見てあれほど激昂《げっこう》した最大の理由は、「光くんが約束を破ったから」だったらしい。なんでも、交際をはじめるにあたり、お互い他の異性によそ見をしないと誓いあったそうだ。

「放ったらかしにされてさびしかったけど、光くんもしばらくそっとしておいてほしいかなと思ってがまんしてたんだよ。それなのに、菜摘さんとあんなに楽しそうに……」

また怒りがぶり返してきたらしく、唇をかみしめている。

「だから、おれとなっちゃんはただの友達なんだってば」

「それはわかったけど」

胡桃は魚住の隣の丸椅子にすとんと腰を下ろした。作業台の隅に転がっていた木片《もくへん》をもてあそんでいる。どちらかといえば、恋人どうしというよりも、気心の知れた兄妹のようだ。

「だったら、もう気がすんだだろ？　おれのことなら心配ないよ、当分は女どころじゃないから。椅子ひと筋だから」

「ま、それはいいことだけどね」

胡桃が迷わず肯定したので、徳井はひそかに感心した。魚住の傍若無人《ぼうじゃくぶじん》な「椅子ひと筋」ぶりに、大学時代の恋人たちはこぞって憤慨していたものだけれど、さすが家具工房の娘は違う。それとも、単に胡桃の懐《ふところ》が深いのか。

「いいことだけど、わたしひとりでは帰らないよ。帰るときは、光くんと一緒だからね」

「でも、家族は？　心配するんじゃないの？」

徳井は口を挟んだ。

「大丈夫です。さっきもお話ししたとおり、わたしはもうおとなです。どこでなにをしようが、わたしの自由ですし、父も母もそれを理解しています。定期的に連絡さえ入れれば、なにも文句は言われません」

胡桃は理路整然《りろせいぜん》と言う。

「それにわたし、長めに家を空けることってわりとあるんです。東京で用事ができたときは、たまに戻ってもいいですし」

魚住はあきらめたのか、なにも言わずにパソコンを操作している。

「さてと。じゃあ、今日のところはこれで失礼します」

胡桃が立ちあがった。またしても意表をつかれ、徳井は聞き返す。

「え、もう？」

「はい。じゃましない約束ですから」

胡桃は悠然《ゆうぜん》と答えた。


市内のホテルに戻るという胡桃を、徳井は車で送ることにした。昨晩遅くにこちらへ着いて一泊し、朝になって食堂へやってきたらしい。宿泊先は、徳井も知っている、ターミナル駅のそばにある老舗《しにせ》のシティーホテルだった。泊まったことはないが、友人の結婚式で、何度か宴会場に入ったことはある。

小柄な胡桃が腰を下ろすと、軽トラの助手席はやけに広く見えた。

「わざわざすみません。お仕事は大丈夫ですか？」

しきりに恐縮している。魚住以外の相手に対しては、しごく礼儀正しい。

「いいよ、今日は盆休みだから」

バスは便数が少ない上、回り道でひどく時間を食うし、タクシーだと数千円もかかってしまう。魚住が突然やってきたときのように、泊めてくれと頼まれるのではないかと徳井は危惧《きぐ》していたので、幾分ほっとしてもいた。魚住とつきあっているといっても、男三人の家に若い女性を泊めるわけにもいかない。

「さっき電話して、延泊の手続きもすませました。とりあえず一週間分」

宿泊費はどのくらいだろう、と徳井はちらりと考える。あのホテルなら、決して安くはないだろう。親からたくさん小遣《こづか》いをもらっているのかもしれないが、食費や交通費まで合わせると、けっこうな出費になるはずだ。この先いつまで滞在することになるのかもわからない。

「魚住、そんな簡単に気は変えないと思うよ」

「わかってます。はじめから、長期戦になるだろうなって覚悟してました。服とか身の回りのものとか、とりあえず必要なものも、ひととおり持ってきてます」

胡桃は仕事をしているのだろうか。あまりそういうふうには見えない。これだけ時間の自由がきくということは、少なくとも勤め人ではなさそうだ。ひょっとしたら、実家の手伝いでもしているのかもしれない。

たずねかけて、思いとどまった。会ってまだ半日も経っていないのに、あれこれ詮索するのもぶしつけだろう。帰ってから魚住に確かめればいい。

「いいところですね」

胡桃は興味深げに窓の外を眺めている。雲ひとつない空の下、水田の緑がどこまでも広がっている。

「なんにもないけどね」

「そうですか？　わたしはてっきり、もっと……のんびりしてるのかと」

田舎という言葉を使うのを躊躇《ちゅうちょ》したようだ。

「気を遣《つか》わなくていいよ」

徳井はふきだした。

「すみません」

「東京のひとって、いわゆる地方都市はあんまりイメージわかないでしょ。おれもしばらくあっちに住んでたから、なんとなくわかる」

「聞きました。大学に入ってからですよね。卒業した後は、戸建て住宅の営業をなさってたんでしたっけ」

徳井が学生時代に住んでいた町や、勤めていた会社の名まで、胡桃はすらすらと口にしてみせた。

「よく知ってるんだな」

「光くん、徳井さんの話になるともう、とまらないんですよ」

それにしても、面識もない恋人の友人の経歴をここまで詳しく覚えているなんて、たいした記憶力だ。少なくとも徳井にはまねできない。いくら熱心に語られたとしても、見知らぬ他人にはさほど興味もわかず、適当に受け流しておしまいだろう。

「家具を作るために、会社を辞めてこっちに戻ってこられたんですよね？」

「いや、それはあいつの勘違《かんちが》いなんだ」

徳井はかいつまんで事情を説明した。

「えっ？　じゃあ、光くんはひとりで工房やるつもりなんですか？」

「いや、おれも一緒にやるけど」

反射的に答えてしまってから、自分で自分に戸惑う。一緒にやる？　おれは本当に、そのつもりなのか？

「やるっていうか、手伝うっていうか」

言い直してみた。胡桃は口をつぐんで考えこんでいる。

「でも、今のところは修理のお仕事が本業なんですよね？」

「うん、まあ」

「それはそうですよね。生活していくための基盤も必要ですもんね」

どうやら、胡桃のものの考えかたは、魚住よりも徳井のそれに近そうだった。現実問題として食っていけるのか、徳井も折にふれて気をもんできた。楽観的すぎる魚住にいらだち、たびたび説教もした。つい二日前にもめたばかりである。

それなのに、こうして他人の口から言われるとなぜかうまく相槌《あいづち》が打てない。

「工房をやっていくって、大変なことですよ」

胡桃がぽつりと言った。徳井は進行方向を見据えて、車を走らせる。左の頰に、視線を感じる。

「おどかすわけじゃないですけど」

言い訳するように、胡桃がつけ足した。実際のところ、おどかすつもりはないのだろう。工房の娘として知っている事実を、ただ率直にのべているだけだ。

「大変だと思うよ、おれも」

「それなら、徳井さんもわたしの味方になってくれますよね？」

胡桃の声に力がこもった。ルームミラー越しに、一瞬だけ目が合う。

「光くんにはまだ学ぶべきことがいろいろあります。ここにいるより、うちに戻ってきたほうがいいはずです」

最初から、徳井もそう考えていた。魚住はいずれ東京へ戻っていくはずだと高をくくっていた。居座られたら困ると案じてさえいた。

でも、具体的にどこがどう困るのだろう？

「まずは本人がその気にならないとな。あいつ、一度こうするって決めたら、周りがなに言っても聞かないから」

頭に浮かんだ問いの答えを見つけられないまま、徳井は言う。

「知ってます。わたしも作戦を練ってみます」

窓のほうを向いた胡桃の表情は、徳井からは見えない。

休み明けから九月にかけては、修理の仕事が立てこんでいて忙しかった。

その合間をぬって、穴吹夫妻とファーストチェアの打ち合わせもした。魚住は子ども用の椅子について情報収集も進めていた。おとなの椅子に比べて、より安定性を重視することや、背や座面の角にまるみをつけて加工することなど、気をつけるべき点がいくつもあるという。

吉野からも連絡が入った。妻が無事に戻ってきたとはずんだ声で報告されて、徳井は魚住とともに胸をなでおろした。おまけに、すっかり夫婦椅子を気に入った吉野夫妻が友人知人にも宣伝してくれて、何件も問いあわせが入った。そのうちいくつかは話がまとまり、商談に出向くことになっている。

　胡桃はときどきやってくる。

　ホテル住まいで経済的に問題ないのかと魚住に確認してみたところ、心配ないよ、とこともなげに言われた。

「あいつは金持ちだから」

「そりゃまあ、そうだろうけど」

　胡桃の父親がちょっと気の毒だ。言うなれば、自ら縁を切った元弟子のせいで、知らないうちに自分の金が散財されていることになる。

「胡桃はそうとう稼いでるからね」

　想定外のひとことに、徳井は驚いた。

「働いてるのか？」

「うん、ぬいぐるみ作ってる。ぬいぐるみっていっても、子どものおもちゃじゃないよ。おとな向けの、あれはある意味アートだな。けっこう人気もあって、最近は個展とかもやってる」

「個展か。たいしたもんだな」

そういえば大学の知りあいに、テディベア作家になった女子がいる。魚住と同じ造形学科だった。徳井にははかり知れない世界だが、おとなの趣味としてのぬいぐるみや人形には、それなりに需要があるそうだ。ぬいぐるみ作家という職業は、普通の会社員なんかよりは、胡桃の雰囲気に合っている気がする。

「じゃあ、どこにいても仕事はできるってことか」

「基本的には。むしろ、家じゃない場所のほうが集中できていいらしい。旅行がてら地方に長いこと滞在したり、東京でもホテルに缶詰めになったりしてた」

魚住が力なく首を振る。

「とりあえずは放っとくしかないな。追いはらおうとしてもむだだから。胡桃は一度こうするって決めたら、周りがなに言っても聞かないんだよ」

主語を胡桃から魚住に替えれば、それはまさに、彼女がやってきた日に徳井が釘を刺したことである。つまり、似たものどうしが根競《こんくら》べをはじめるのだ。はたしてどちらが勝つのだろう。

「親もそれがわかってて、自由にやらせてるみたい。前に親方や奥さんも言ってた。なかなか帰ってこないのは心配だけど、うるさく口出ししたらそれこそ音信不通になりそうだから、お互い妥協しながらやってるんだってさ」

「おしとやかな箱入り娘に見えるのにな」

「黙ってじっとしてればね。完全に箱から出ちゃってるよ、あのお嬢様は」

徳井が胡桃の姿を見かけるのは、だいたい三日か四日に一度くらいだった。徳井たちの家や作業場ではなく、いしやま食堂に現れる日もある。たまに魚住のほうからも会いにいっているようだ。徳井の知る限り、胡桃が初日のように魚住の説得を試みるそぶりもなかった。作戦を練るとも言っていたし、あせらず様子を見るつもりなのだろうか。

ひとりの時間は、仕事にあてているそうだ。

「ここに来てから、調子がいいんです。自然が豊かだからかな。そのへんをお散歩してるだけで、ここに住んでるのはどんな子かなって、アイディアがふくらんで」

そう言われてみれば、ぬいぐるみにかたどられるような動物の中には、野山に生息しているものも多いはずだ。山と海に囲まれたのどかな街は、都会に比べて創作意欲が刺激される環境なのかもしれない。ということは、胡桃が作っているのは野生動物のぬいぐるみなのだろうか。くまとか、りすとか、野うさぎとか。

「どんなのを作ってるの？」

徳井はなにげなく聞いてみた。おとなが蒐集《しゅうしゅう》するような、芸術作品としてのぬいぐるみというのがどんなものなのか、まるで想像がつかない。

「そういえば、徳井さんにはお見せしたことがなかったですね。写真、ご覧になりますか？」

携帯電話を取り出そうとした胡桃を、魚住がとめた。

「いやいやいや、最初は現物を見てもらったほうがいいって。感動が違うから」

「そう？」

「徳井さん、びっくりすると思うよ」

次に作業場へやってきたときに、胡桃は自作を持参してくれた。

魚住が請《う》けあっていたとおり、徳井はびっくりした。ぎょっとした、と言い換えてもいい。

そのぬいぐるみは長さ二十センチほどの棒状で、鈍い光沢のある銀色の布でできていた。そういう模様の生地なのか、後から描き入れたのか、ところどころに黒い筋が平行に入っている。太さといい質感といい、遠目であれば、よく肥《ふと》ったサンマに見えるかもしれない。片方の端には、魚の尾びれを思わせる、三角形のひらひらした布もくっついている。

異様なのは、もう一方の端だった。サンマでいうなら頭の部分は、しかしそれらしい形状ではない。ちょうど、えらのあたりに包丁《ほうちょう》を入れてざくりと切り落としたかのように、まるい断面がのぞいている。ここだけ薄桃色《うすももいろ》の布が張られ、その内周に沿って、ごく小さな白い三角形のビーズのようなものがびっしりと縫《ぬ》いつけてある。

「ええと、これは」

徳井は口ごもった。頭を落としたサンマ、ではないだろう。

「ヤツメウナギです」

胡桃が答えた。

「このピンクのところが口で、ビーズが歯です」

魚住がぬいぐるみを手に持って、しげしげと眺める。

「目は？」

「まだつけてない。もう少し考えたくて」

胡桃は首を振り、徳井に向かって言い足した。

「目をつけるのは最後なんですよ。そこが一番大事なんです。魂《たましい》を入れる、って呼んでるんですけど」

「タマシイ」

あっけにとられて繰り返した徳井にはかまわず、魚住は質問を重ねる。

「ヤツメっていうくらいだから、目は八つなわけ？」

「うん、そのつもり。本物はふたつなんだけど。そういう意味では、この子、厳密にはヤツメウナギではないですね。ヤツメウナギに着想を得た、架空《かくう》の生きものです」

胡桃が魚住の手からぬいぐるみをひきとって、優しくなでた。

「ひらたくいえば、妖怪《ようかい》だな。ね、徳井さん、びっくりしたでしょ？」

魚住がにやりと笑う。

「はじめて見たよ、こういうぬいぐるみは」

気の利いたほめ言葉が、徳井には思い浮かばなかった。

「大丈夫だって、無理にほめなくても。胡桃のぬいぐるみは全部こんなだよ。グロテスクっていうか、おどろおどろしいっていうか」

魚住にしたり顔で肩をたたかれ、徳井は胡桃の顔を盗み見た。ずけずけとした物言いに、気を悪くしたのではないかと思ったが、まんざらでもなさそうに相好をくずしている。

「まあ、そこがいいんだけどね。迫力があって。魂が入ると、また一段とすごくなるぜ」

胡桃の笑みが、深くなった。

「光くんは、最初からそう言ってくれたんですよ」

魚住自身が胡桃のぬいぐるみをはじめて見たときも、グロテスクでおどろおどろしい、でも迫力があってすごくいい、と評したらしい。

その素直な賞賛が、胡桃にとっては新鮮だったという。それまでは、胡桃が手製のぬいぐるみを見せると、決まって相手は困ったように目を泳がせた。家族も、友達も、工房で働く職人たちも。胡桃に気を遣ってはっきりとけなしはしないかわり、気に入っていないのも明らかだった。

「ごめんな。おれ、芸術方面ってさっぱりで」

徳井は謝った。

「芸術って、そんなたいしたものじゃないですよ。万人《ばんにん》受けする作風じゃないのはわかってますし、気にしないで下さい」

まだ目を持たないヤツメウナギに、胡桃はいとおしそうに頰ずりしている。

「でも、九十九人になんとなく気に入られるより、ひとりから熱烈に愛されたほうが、この子たちも幸せじゃないかとも思うんです」

「実際、売れてるんだもんな。うらやましいよ」

魚住が嘆息《たんそく》する。個展を開いたり、専門店に置いてもらったり、ネット通販でも出品しているらしい。こうした手作りの作品に特化したショッピングサイトがあるのだという。

「ぬいぐるみだけじゃなくて、手作りのものならなんでも出せるんですよ。アートっぽいのもあるけど、ふだん使いできる小物や雑貨のほうが多いです」

実店舗で売るより手軽で費用もかからず、遠方に住んでいる相手とも取り引きができる。自作に買い手がつけば、代金の受けとりや発送の連絡といった手続きも、サイトを通して効率よく進められる。

「アクセサリーとか、わたしもときどき買ってます。見てるうちに、ついほしくなっちゃって。他にも、服とか靴《くつ》とか、かばんとか。食器や文房具なんかもありますよ」

胡桃は徳井と魚住を等分に見て、言い添えた。

「それから、家具も」

「おれらの椅子も出せるかな?」

魚住がすぐさま食いついた。

「まだちょっと早いんじゃないか?」

徳井は言った。穴吹夫妻に依頼されたファーストチェアも、吉野の紹介で受注した夫婦椅子も、まだ完成していない。魚住のSNSを通してぽつぽつと連絡も入りはじめている。やみくもに手を広げるより、まずは今の仕事を確実にこなしていくべきだろう。

「そっか。注文が殺到して、さばききれなくなったら困るもんな」

魚住は例によって前向きである。

「それに、光くんはお客さんの体に合わせた椅子が作りたいんでしょ?　相手に直接会わなきゃいけないんだったら、ネット向きじゃないかもね」

客の体ばかりか心にまでぴったりの椅子、というのが魚住のめざすところである。体格を確かめるとともに、嗜好《しこう》や価値観を知るために会話もしたいとなると、やはり対面での打ち合わせが望ましい。

「ってことは、オーダーメイドだけじゃなくてオリジナルの椅子も作るようになってからだな」

魚住が勢いよく立ちあがった。

「なんかやる気出てきた。徳井さん、ファーストチェアの続きやろうぜ。ちょっと待ってて。一本だけ喫ってくる」

鼻歌まじりに作業場を出ていく。

胡桃がぬいぐるみを抱きしめ、ゆっくりと徳井を見上げた。なんともいえない表情をしている。

「あの顔、ずるいですよね。あんな楽しそうにされたら、帰ってこいって言えなくなっちゃう」

目のないヤツメウナギが、細い腕の中でぼんやりと光を放っている。

結局、秋の終わりになっても胡桃は街にとどまっていた。

「あいつ、いつまでいるつもりなんだろうな」

魚住はときどきぼやきながらも、特に追い返そうともしない。もともときらいにな

ったわけでもないし、胡桃がそばにいてくれるのはむしろうれしいのだろう。親方に

ばれたら殺されるよ、とそこだけは気にしているけれど。

「胡桃ちゃん、このまま移住しちゃいなよ」

三カ月の間に胡桃とすっかり仲よくなった菜摘は、よくけしかけている。

「仕事もはかどってるんでしょ？　このへんに家を借りて、魚住くんと一緒に住めば？」

「楽しそう。だけどわたし、家事ってまったくできないんですよ」

胡桃も調子を合わせているが、問題は家事ばかりではないだろうと徳井は思う。

今のところ、胡桃は楽しくやっているようだ。とはいえ、まさかここにずっといる

つもりはないだろう。東京で生まれ育った人間がこんなところに定住できるわけがない。徳井や菜摘の手前、むげに否定はしないだけで、魚住を連れ戻すきっかけがつかめずにやきもきしているのかもしれない。

だから、胡桃が新たな仕事の話を持ってきてくれて、徳井はいささか驚いた。

来春に大阪のギャラリーで個展を開く運びになり、そこの女主人と打ち合わせをした折に、展示室を改装するつもりだと聞いたらしい。彼女は胡桃が神林工房の娘だというのも知っていて、どんな椅子を置くべきか、意見を求めてきたそうだ。有名なデザイナーズチェアではつまらないから、まだ知名度がそんなに高くない、将来有望な若手作家のものを探しているという。

「まさにおれらのことじゃない？」

魚住は上機嫌で言った。

「けっこう勢いのあるギャラリーで、オーナーの大谷《おおたに》さんも顔が広いんですよ。つながりを作る意味でも、いい話じゃないかと思って」

「そういや、進藤先生とも知りあいらしいよ」

「へえ」

進藤自身も美術には造詣《ぞうけい》が深い、と徳井もどこかで聞いた覚えがある。美術館の設計も、いくつも手がけている。

「大谷さんは、年内に一度話をしたいっておっしゃってるんですけど」

「いつ行こう？　徳井さんは、予定どう？」

「行くって、大阪に？」

「だってお店の雰囲気も見てみないと。高速バス使えば、三時間もかからないって」

「おれも？」

「もちろん。胡桃も来るよな？　そうだ、なっちゃんも誘おうぜ。どうせなら、じいちゃんも」

「そんな大勢でどうすんだよ。遊びにいくわけじゃないんだから」

あきれている徳井を尻目に、魚住はいそいそと作業場を飛び出していった。さっそくじいちゃんに声をかけるのだろう。

「胡桃ちゃん、ありがとうな」

徳井は胡桃に礼を言った。ひょっとして、魚住を連れ戻すのをついにあきらめたのだろうか。早く一緒に東京へ帰りたいのであれば、客の紹介なんかしないほうがいい。

仕事が順調に進めば進むほど、魚住はここに残って椅子を作りたがるはずだ。

「どういたしまして」

徳井の疑問は伝わっていたようで、胡桃はつけ加えた。

「ちなみに、光くんに東京へ戻ってほしいって気持ちは、変わらないですから」

「じゃあ、なんで？」

「心あたりはないかって大谷さんに聞かれて、ぱっと光くんの顔が浮かんだんです」

悔《くや》しそうに唇をかむ。

「喜ぶだろうなって思ったら、がまんできなくて」


先方とも予定をすりあわせ、十二月の第二日曜日に現地へ出向いた。

じいちゃんには断られたので、総勢四人である。部外者なのに悪いと遠慮する菜摘を、なっちゃんは部外者じゃないって、せっかくだしみんなで行こうよ、と魚住が執《しつ》拗《よう》に誘ったのだ。遊びにいくわけじゃないんだから、と再び異議を唱えようとした徳井も、菜摘のうれしそうな顔を見て文句をのみこんだ。

朝九時に高速バスで地元を出発し、昼前には大阪に到着した。バスターミナルからギャラリーの最寄り駅までは、地下鉄一本で行ける。クリスマス前の週末だからか、駅も車内も殺人的に混んでいる。

「すごいひとだね」

菜摘も目をまるくしている。

「酔いそうだな」

徳井も東京にいた頃は、もっと過酷な通勤ラッシュに耐えていたはずなのに、もう体が忘れてしまっている。

「あのふたりは平気そうだけどね」

菜摘の視線の先では、ドアの脇の手すりをちゃっかり確保した魚住と胡桃が、楽しげに喋っていた。特に魚住は、かれこれ半年以上も田舎にひきこもっていたわけだから、よけいに気分が浮きたつのかもしれない。

「こうして見ると、やっぱり都会の子って感じだよね」

菜摘がしみじみと言うとおり、すさまじい混雑に臆《おく》するふうもなく、くつろいで見える。眺めるともなく眺めてから、徳井は目の前の菜摘に視線を戻した。

「なあに？　この格好、変？」

心細げに聞かれ、目をそらす。

「いや」

菜摘の服装がおかしいわけではない。落ち着かなげに周りをきょろきょろ見回しているのを除けば、他の乗客たちと変わらない。問題は、その後ろに広がる背景との組みあわせなのだろう。いしやま食堂ではなく、ごった返している地下鉄の車内にいる菜摘は、なんだか合成写真じみてちぐはぐに感じられてしまう。

目的の駅でドアが開くと、魚住たちは手をつないでさっさと降りていった。人波に押し出されるかたちで、徳井と菜摘もホームに着地した。

「はぐれるぞ」

少し迷ったものの、徳井は菜摘の手首をつかんだ。ひとごみの間をすいすいとぬってエスカレーターへ進んでいく魚住たちを、追いかける。

駅前の地下街でお好み焼きを食べ、時間ぴったりにギャラリー・オオタニに着いた。

「どうも、今日ははるばるありがとうございます」

出迎えてくれた大谷は、五十代の半ばくらいだろうか。すらりとした長身で、髪が男の子のように短い。みかん色のセーターに鮮やかな紫のロングスカートという、凡人には着こなしづらそうな色あわせの服装も、仏壇の飾りを連想させる大ぶりの金のピアスとカラフルな天然石を連ねたネックレスも、無理なく似合っている。

十坪ほどの展示室は、壁も天井も床も白で統一されていた。ちょうど展覧会の狭間《はざま》だそうで、作品はなにも置かれていない。天井にとりつけられたスポットライトが、がらんどうの部屋を照らしている。

「壁と天井もちょっとくすんでしもてるんで、この機会に白く塗り直そうかと」

この真っ白な空間に胡桃のぬいぐるみがずらりと並んだら、さぞ壮観《そうかん》だろう。

ヤツメウナギを披露されて以来、徳井もときどき新作を見せてもらっている。ここ最近は、神話や伝承を題材に、ヌエだのヤマタノオロチだのをせっせと作っているようだ。個展にはまた別の、本人いわく「もうちょっと一般受けしそうな」絶滅危惧種《ぜつめつきぐしゅ》のシリーズを出す予定らしい。どれも、ヤツメウナギの目を八つにしたのと同じく、胡桃流のひとひねりが加えられている。首がふたまたに分かれて頭がふたつついているアホウドリに、胴体《どうたい》がらせん状にねじれているサンショウウオなど、シュールな作風は一貫していた。

「お茶でも飲みながら、話しましょうか」

展示室を抜け、裏にある事務室へ通された。小さなまるいテーブルの周りに、椅子が三脚とスツールがふたつ、きゅうくつそうに並べてある。

「狭くてすみませんね」

大谷が一番奥のスツールに腰かけ、菜摘がもうひとつのスツールにすばやく陣どった。残りの三人が椅子に座る。

「それが、ふだんあっちに置いてる椅子です」

背もたれも座面も、脚までもが白い革ばりになっている。どこかで見たようなデザインなので、有名作家のものかもしれない。表面についた無数の細かい傷が、長年の活躍ぶりを物語っている。

大谷が淹《い》れてくれた濃いコーヒーを飲みながら、魚住はお決まりの情報収集をはじめた。

「ここは、どんなお客さんが多いんですか?」

「いろいろですねえ。年齢も性別もばらばらで」

今回の椅子は、特定の人間ではなく、不特定多数が使うことになる。これまで作ってきた夫婦椅子やファーストチェアとは少々勝手が違う。

「そうですか……」

魚住も徳井と同じことに思いいたったのか、あごに手をあてて考えこんでいる。徳井も質問してみた。

「大谷さんのご希望は？」

「特にありません。強いていえば、おふたりの好きなように作って下さい」

大谷はにっこりした。

「わたしはね、作り手さんが好きなように作らはったもんが、好きなんですよ。うちに置くものは全部そうです」

「だからみんな、ここに集まってくるんですよ」

胡桃がまじめな顔で言い添えた。

「いえいえ、そんな」

「そういえば、建築家の進藤勝利先生ともお知りあいだとか？」

魚住がたずねる。

「はい。今回の内装替えの話も、一応相談したんですけどね。建物ごと改築するんだったらやってもいい、って無茶言われて、あきらめました」

さすが進藤、強気である。

進藤は椅子を建物の一部とみなしてデザインするという。このギャラリーの椅子も、彼の考えかたにならって作ればいいのだろうか。今回は、個人の体ではなく展示室に合わせて、ふさわしい椅子を用意するのだ。

「進藤くんもねえ、すっかり偉くなりはって。ま、態度だけは昔から大きかったですけどね」

「長いおつきあいなんですか？」

「ええ。大学の友達なんです」

おそらく日本一有名といっていい美大の名前を、大谷はさらりと口にした。魚住が首をかしげる。

「え、でも、進藤先生の出身大学って……」

「あらら、ごぞんじなかったか」

大谷が額《ひたい》に手をあててみせた。

「まあええわ、あっちも友達の頼みをあっさり断ったんやし、おあいこってことで」

進藤は美大を卒業後、何年間か創作活動を続け、それから別の大学に入り直して建築を学んだのだという。

「知らなかったです」

「本人が公《おおやけ》にしてませんからね。自分でも言うてますよ、あの時代は闇に葬《ほうむ》ることにしたって。当時はあんなにやる気満々やったのにね」

大谷はなつかしげに言った。

「それはわたしもなんやけど。お互いにね、若かったから。進藤くんは彫刻家になるつもりやったし、わたしは画家になるつもりやった。それが今は、建築家とギャラリーの主人でしょ」

ふふふ、と低く笑う。

「言うてみたら、うちらは似たもんどうしやね。ふたりとも、芸術家になりそこねた。正直、皆さんみたいな若いひとにお会いすると、まぶしいの。神林さんもそうやし、おふたりも大学時代から椅子を作ってはったんでしょう？」

「だけど大谷さんたちも、それぞれの世界で立派に成功されてますよね？」

胡桃がおずおずと口を挟んだ。

「ええ、ええ、ひがむつもりはありません。わたしはこの業界で一生懸命やってきた。

自分の仕事に誇りを持ってるし、後悔もしてません。進藤くんもそうでしょう」

　大谷はゆるく首を振った。

「それに、わたしの場合、いちいちひがんでたら商売になりませんよ。芸術家相手に仕事するんやから。ようやるわって、進藤くんにはあきれられます。おれはそっちの世界から潔く足を洗ったのに、お前はまだ片足つっこんでる、って。わたしから見れば、建築も微妙なとこやと思うけど。でもね、進藤くんは言うんです——」

　大谷の言葉にかぶせるように、魚住が続けた。

「建築家は、アーティストじゃない」

「そうそう」

「建築家はアーティストじゃない。だから建築家の作品は、決して自己満足になってはならない。強く、かつ美しくなければいけない」

　そういえば徳井も、授業でそんなせりふを聞いた覚えがある。

「あんなこと平気で言うから、敵を増やすんよね。言いたいことはわからんでもないけど、そんならアートは弱くて醜《みにく》い自己満足か、って話になるでしょ」

　進藤の言いたいことは、徳井にもなんとなくわかる気がする。

芸術作品は、本質的には作り手本人に属する。乱暴にいえば、彼や彼女が思いのまま、自由に創作すればいい。一方で、建築物は建築家の作品であると同時に、そこで過ごす人々のものでもある。そして彼らは、客観的な強さや美しさを求める。

「そこまでアートを目の敵《かたき》にせんでも、ねえ。そのくせ、うちにもちょくちょく寄ってくれて。ややこしいひとやわ、ほんま」

今の、一応ここだけの話にしといて下さいね、と大谷は最後につけ足した。

小一時間ほどでギャラリーを辞した後、四人で何軒か家具屋をめぐった。通天閣《つうてんかく》に上り、道頓堀《どうとんぼり》でかに鍋《なべ》も食べた。大阪に来るのははじめてだという魚住が、どうせなら観光もしたいと言い出したのだ。たらふく食べ、飲み、バスの時間をみはからって店を出た。あたたまった体が、夜風できゅっと縮む。

駅へと続く遊歩道にクリスマスのイルミネーションがほどこされ、青い光が原色のネオンサインと張りあうかのように、せわしなく点滅している。けばけばしいな、さすが大阪、と酔《よ》っぱらった魚住が地元住民にきらわれそうな感想を大声で言う。

駅前の広場には巨大なツリーがそびえていた。これまた派手な電飾がめぐらされ、赤、ピンク、緑、紫、と光の色が数秒ごとにめまぐるしく変わっていく。

「こんなの、はじめて見た」

ぴかぴか輝くツリーを、菜摘はうっすら口を開けて見上げている。

「東京はもっとすごいの？」

「いや、どうかな」

徳井もツリーをあおいだ。目がちかちかする。

「ていうか、おれもそんなきらきらしたとこには行ってなかったし」

正確を期して補足した。菜摘が小さく笑う。

「ありがとう、律ちゃん。連れてきてくれて」

どう答えたらいいのか、徳井が酔いの回った頭でぼうっと考えていたら、ぐいと腕をひっぱられた。

「徳井さん、写真撮ってよ」

徳井は魚住の、菜摘は胡桃の携帯電話をそれぞれ渡された。ツリーを背にして寄り添うふたりを、何枚か撮ってやる。

「よし次、なっちゃんと徳井さんね」

「いいよおれは」

「なに照れてんの。思い出、思い出」

魚住は徳井たちを強引に並ばせた。もうちょっとくっついて、などとよけいな注文までつけてくる。

「よし、いいのが撮れた。後で送るよ」

液晶《えきしよう》に見入っている魚住に、胡桃が冗談ぽく言った。

「これは勝手に投稿しちゃだめだからね」

「女の子がどなりこんできたら大変だもんな」

魚住も話を合わせる。菜摘が真顔になって、徳井を見た。

「ないない、おれはそういうの、ないから」

徳井はあせって否定した。

「ないですよね、徳井さんは」

「ないよ。だって徳井さんだし」

胡桃と魚住もくちぐちに言う。助け船を出してくれているつもりなのだろうが、こうもないないと連呼されると、複雑な気分になってくる。

クリスマスを目前にひかえた週末に、徳井は魚住に二種類のデザイン画を見せられた。

「徳井さんは、どっちがいいと思う？」

両手に持った紙を、胸の高さにかかげてみせる。

右手の紙に描かれた椅子は、座面がきれいな円形になっている。四本の脚が等間隔に配され、後脚とつながった背もたれにも、円弧《えんこ》と合わせたカーヴがつけてある。やわらかい曲線のおかげか、どこか優しげな印象だ。

左のほうが、どちらかといえば個性的だった。前脚が二本、後脚が一本の三本脚で、まるっこい三角形の座面がついている。まっすぐに伸びた後脚の先には、逆三角形の小さな背もたれがちょこんとくっつけてある。

「まるも三角も、重さはそんなに変わんない。あと、スタッキングしても大丈夫」

軽い椅子にしようというのは、すでにふたりで話しあっていた。大谷いわく、展示内容によって椅子の数や配置は変わるそうだ。作品の入れ替えにあたって隅に寄せたり、展示室から事務室に移動させたりすることも考えれば、持ち運びしやすいほうが望ましい。さらにスタッキングも可能、つまり積み重ねられる構造なら、なお便利だろう。

それから、実際の重量のみならず、見ためも軽やかな雰囲気にしたい。これは長時間座ってくつろぐための椅子ではない。少し疲れたら気軽に腰を下ろし、再びひょいと立ちあがって作品鑑賞に戻る、そんなふうに使ってもらえるといい。

ふたつの椅子は、どちらも条件を満たしているようだ。

「こっちかな」

徳井が迷った末に右手の一枚を指さすと、魚住はぱっと顔をほころばせた。

「ほんと？　実はおれも、どっちかっていうとまる推し」

「三角もしゃれてるけどな」

「ギャラリーだし、作品に負けないような、おしゃれなやつにしたかったんだよ。これよりもっと主張が強いのも考えてたくらい」

徳井も何度かクロッキー帳を見せられたので、魚住の試行錯誤は知っている。いくつもの椅子の絵の上につけられた乱暴なバツ印に、いらだちがにじんでいた。

「でも、椅子があんまり目立ちすぎるのもよくないかなと思って。あそこでは作品が主役なわけだし」

魚住の性格からすれば、むしろ目立ちたがりそうなところなのに、やけに謙虚だ。この椅子が負う使命を、魚住なりにじっくり考えてみたのだろう。

春の個展で作品をどのように展示するか、大谷と胡桃があれこれ話しあっていたのを思い出す。鳥を天井からピアノ線で吊るすとか、水棲動物は水槽《すいそう》に見たてたガラスケースの中に入れるとか、どんな展示をすれば作品の魅力を最もひきたてられるのか、真剣に意見をかわしていた。ふたりとも、プロなのだ。

「よし。じゃあ作るか」

腰を上げようとした徳井に、魚住が首を振った。

「製材所が休みに入っちゃうから、作業は年明けからかな」

「ああ、そうか。そうだよな」

「おれも早く作りたいのはやまやまなんだけどさ」

「いや、よかった。年末年始はゆっくりできて」

勇み足が照れくさくなって、徳井はぼそぼそと言った。

「これをきっかけに、また仕事が広がるといいよね」

魚住の言葉どおり、この椅子が思いがけないきっかけを運んでくることになるなんて、このときはふたりとも想像してもみなかった。


年が明けてから、またいくつか新しい依頼が入った。

その中には、徳井が単独でとってきたはじめての注文も含まれている。年末に開かれた高校の同窓会で、夫婦椅子やファーストチェアの話をしてみたところ、結婚や出産をひかえた幾人かが興味を持ってくれたのだ。

毎年恒例の同窓会に、徳井はこれまで一度だけ出たことがあった。まだ大学生の頃、たまたま帰省中だったから参加したのだ。話題は地元のことばかりでほとんどついていけなかったし、東京の大学に通う徳井に対して皆どこかよそよそしく、おせじにも楽しいとはいえなかった。

それに懲りて、以降は欠席で通していたのだが、今回は広報活動の一環として行くべきだと魚住に諭され、菜摘に半ば強制的にひっぱっていかれた。県外からの帰省組もちらほらまじっているものの、地元暮らしの者が圧倒的に多いのは、十数年前と同じだった。またのけ者にされるのではないかと多少身がまえていた徳井を、彼らはすんなりと輪に入れてくれた。みんなおとなになったということなのか、徳井も今やこちらの住人となったからなのか、いずれにしても会話ははずみ、菜摘に振られるかたちで椅子の話も自然に切り出せた。

予想以上に反響があったおかげで、一月から二月にかけての週末は、徳井も休みなく椅子作りに励むこととなった。二月末、大谷から魚住に電話がかかってきたときも、作業場にいた。

「あれ、大谷さんだ」

魚住のつぶやきに、ひやりとした。

ギャラリーの椅子は数日前に納入したばかりだ。今になって連絡が入るなんて、なにか不具合でもあったのだろうか。現物を引き渡したときには、気に入ってくれていたようだったのに。

しかも、前もって約束していた納期より、十日も前倒しでしあげたのである。展覧会の日程が変わったため、もう少し早めに納品できないかという大谷の打診《だしん》を、魚住が軽々しく受けてしまったのだ。その時点で残っていた工程は、半分以上が徳井の担当だったにもかかわらず、なんのことわりもなく。

顧客のたっての要望だというなら、それでもいたしかたないけれど、大谷からのメールを後で読んで、徳井は憤慨した。向こうも無理な注文だと承知していたようで、難しければ遠慮なく断って下さい、とはっきり書いてあったのだ。〈喜んで！〉という魚住の返信に、怒りを通り越して脱力させられた。

さすがの魚住も平謝りしたが、いったん承諾《しょうだく》したものを今さら断るわけにもいかない。あげく、魚住に任せるはずだった箇所まで、徳井が大幅に引き受けるはめになった。そのほうが早いからだ。事情を知った胡桃には、おつかれさまです、それにしても徳井さんは光くんに甘いですよねえ、と不憫《ふびん》そうにねぎらわれた。

「もしもし。はいそうです。いえ、こちらこそありがとうございます」

硬い顔つきで電話に出た魚住が、

「ええっ？」

と大仰な悲鳴を上げる。徳井の不安もいや増した。

「はい。いえ、そんな。とんでもないです」

魚住はそわそわと立ちあがり、作業台の周りをぐるぐる歩き出した。いったいなにが起きたのか早く聞きたいけれど、通話中にじゃまをするわけにもいかず、徳井はじりじりして待った。

電話を切った魚住は立ちどまり、放心したようにだらりと両腕をたらした。

「大谷さん、なんて？」

徳井はおそるおそる声をかけた。魚住がびくりと肩を震わせた。

「進藤先生が……」

まったく予期していなかった名前を聞いて、徳井はあっけにとられた。

「進藤先生が、おれらに会いたいって」

現在ギャラリー・オオタニで開催されている、とある彫刻家の個展に、関西出張中の進藤勝利がやってきたのだそうだ。

そして、彫刻作品ではなく、別のものに目をとめた。

「あの椅子、気に入ってくれたみたい。で、こっちに会いにくるって」

「え、本人が？　いつ？」

徳井も思わず椅子から立ちあがっていた。

「明日」

「明日!?」

「午前中に大阪で用事があって、夕方には東京へ戻らなきゃいけないから、その間に来るって。あんまり急じゃないかって大谷さんは心配してくれてたけど、いいよね？日曜だから徳井さんも大丈夫でしょ？」

断る余地はないのだろう。普通なら、こっちの都合も確かめずに押しかけてくるなんて非常識きわまりないが、相手はあの進藤である。

「やったね、徳井さん」

魚住が徳井に駆け寄ってきて、両手をとった。

「がんばってきた甲斐があったね」

目を潤ませ、頬を紅潮させて、小さな子どもみたいに手を揺すり続ける。

高名な建築家を、徳井家の茶の間や狭い作業場に招くのも気がひけて、胡桃も泊まっているホテルで待ちあわせた。

一階のラウンジに、徳井たちが先に到着した。和風にととのえられた中庭に面した、窓際の四人席に案内される。ひとりがけのソファがふたつずつ、ローテーブルを挟んで向かいあわせに置かれている。

ふたり並んで腰を下ろした。約束した時刻まで、まだ十分近くある。

「うわ、コーヒー一杯九百円だって。ぼったくりだね」

ラウンジの入口から目を離せない徳井をよそに、魚住はのんきにメニュウをめくっている。

「進藤先生がおごってくれんのかな？　それとも自腹？」

「さあな」

「こっちがはらうようだったら、徳井さんお願いね。おれ、小銭しか持ってないから」

今それどころじゃない、少し黙っててくれ、とたしなめかけたところで、ゆるく組んだ魚住の脚が小刻みに揺れていることに徳井は気づいた。一応、魚住は魚住なりに緊張しているらしい。

信じられないよ、とゆうべから魚住はくどいくらいに繰り返していた。進藤先生に声かけてもらえるなんて、夢みたい。

進藤はたいてい、建築に合わせて自ら椅子もデザインしている。既存の椅子を使う例もなくはないが、そういう場合も、通常は名の知れた作家のものを選ぶ。つまり、無名に等しい徳井たちの椅子に興味を持ってもらえるなんて、文字どおり信じられない、夢のような幸運といっていい。

それから十五分ほどで、進藤はラウンジにやってきた。

徳井と魚住は同時にソファから立ちあがった。本物だ、と魚住が直立不動の姿勢でささやく。徳井もつばをのみこんだ。大股でこちらへ近づいてくる進藤の姿を見て、一気に実感がわいてきた。

これは、夢じゃない。

「どうも、お待たせしました。魚住さんと、徳井さんですね？」

進藤は席までやってくると、ゆったりと会釈《えしゃく》した。十年の歳月を経て、老けるどころかいよいよ貫禄《かんろく》が増したようだ。大谷の話では、若い頃にはそれなりの挫折《ざせつ》も経験したらしいけれど、そんな苦い過去は一切感じさせない。

「どうぞおかけ下さい」

上等そうなウールのコートを脱ぎ、まるでここが自宅の居間であるかのように、悠然とすすめる。棒立ちになっていた徳井と魚住は、そろそろと座り直した。

向かいのソファに腰かけた進藤の肩越しに、興味しんしんでこちらをうかがっている胡桃と菜摘の姿が見える。

胡桃も家具工房の娘として、進藤のことはもちろん知っていた。魚住に負けず劣らず興奮し、せっかくだから同席したいとまで言い出した。魚住にすげなく断られてもあきらめず、じゃあ離れたところからこっそり見てる、じゃましないからかまわないでしょ、と押しきった。おまけに菜摘まで呼んでいる。

離れた席からとはいえ、知りあいにじろじろ見られていたら集中できないんじゃないか、と先ほどまで徳井は案じていたが、まったくの杞憂《きゆう》だった。進藤を前にして、気を散らしている余裕はない。

「では時間もないので、さっそく本題に入らせて下さい」

進藤はコーヒーを注文した後、よく通る低い声で口火を切った。

「オオタニで、おふたりの椅子を見せてもらいました。もちろん座ってもみました。よくできていて、とても感心しました。誰の作品かと質問したら、まだ若い職人さんたちがふたりで作っている、会社や工房に属しているわけでもないという。ぜひお会いしなければと思いました」

講義のレジュメを読みあげるように、すらすらと説明していく。

「他の誰かに、つばをつけられてしまう前にね」

にっこり笑って、進藤は言い添えた。

「ありがとうございます」

魚住ががばりと頭を下げた。徳井もならう。危うくテーブルに額《ひたい》を打ちつけそうになった。

「僕は昔から進藤先生の大ファンなんです」

「ほう、ありがとうございます」

「大学で授業も受けさせてもらってました」

魚住は顔を上気させ、大学の名前を告げた。

「ああ、あそこね。なかなかいい学校ですよね。木工の実習も充実していて」

「はい。おれら、いや僕ら、それも履修《りしゅう》してました」

「そうですか。どうりで、技術がしっかりしている」

運ばれてきたコーヒーをひとくちすすり、進藤は口調をあらためた。

「わたしの作品を気に入ってもらってるってことは、十七番の椅子はわかりますか？」

いきなり話が飛んで徳井は面食らったが、魚住は即座に答えた。

「はい、もちろん」

進藤は新しい椅子をデザインするたびに、番号を振って名前のかわりにしている。徳井が木工の課題で借用したデザインは三十三番だった。

十七番というのは確か、三十三番とも相通じる雰囲気を持った、曲線を多用した優美な木製椅子である。あれは図書館の、いや美術館のだったか、と徳井が記憶を探っていると、魚住がつけ足した。

「歴史博物館のために作られた椅子ですよね。デンマークの」

「そうです」

生徒の正答を聞いた教師のように、進藤は満足げにうなずいた。コーヒーカップをソーサーに戻し、両手を膝に置いて、心もち身を乗り出す。

「あれを、作ってみませんか」

魚住も徳井も、ぽかんとして進藤を見つめた。

十七番を作れ？　それは、十七番のような椅子を新たに作ってほしいという依頼なのだろうか？　それとも、徳井たちの実力を試すための、いわばテストのような位置づけなのか？

「実は、あの椅子を商品化して売り出すことになったんです。十七番だけではありません。二十五番とか四十八番とか、今後少しずつラインナップを増やしていく予定です」

徳井は息をのんだ。頭をかすめた二種類の推測は、どちらもはずれていたようだった。

「わたしは基本的に、椅子は建物の一部だと考えています。だから、デザインした椅子を単独で売る気にはなれませんでした。しかし、椅子がほしいという要望は強くなるばかりで。気持ちはわからなくもありませんけどね。一般の消費者にしてみれば、建物まるごとひとつは注文できなくても、椅子なら手が届く」

進藤は肩をすくめた。

「まあそれはいい。こちらもビジネスですから。でも、わたしのデザインを使って作るからには、しあがりも完璧でなければ困ります」

完璧、というのは進藤の講義でさかんに使われていた言葉のひとつだった。

すべての建造物は設計図を寸分違《すんぶんたが》わず実現していなければならない、というのが彼の持論なのだった。自らの手がけた建築においては、〇・一ミリのずれも許さないと豪語していた。

「どこか適当な下請けに委託して、適当に作られたらたまらない。中途半端な商品が出回ったら、わたしの信用にもかかわります」

徹底して品質を守るためには、生産工程を完全に自らの管理下に置くしかない。何年もかけて準備を進め、その環境が今年に入ってようやくととのったのだという。具体的には、こぢんまりとした工房をかまえ、そこで働く職人も一定数は集まった。

「集まったといっても、とりあえず最低限の人数です。まだまだ足りない。できる限り機械化するにしても、最終的には職人の手仕事がものを言う」

進藤は徳井たちを等分に見た。

「それで、有望な職人を見つけるたびに、こうして声をかけてるんです。自慢じゃないですが、わたしはこれまでたくさんの職人と仕事をしてきました。見る目には自信があります」

ほめてもらえるのはありがたいけれど、徳井としては、買いかぶられている気がする。巨大な建造物でさえ〇・一ミリ単位の精度にこだわる進藤のことだから、椅子ならなお厳しい基準が課せられるに違いない。少なくとも今の徳井たちには、彼の要求に応えられるほどの腕はない。

徳井の心を見透かしたかのように、進藤は泰然《たいぜん》と続けた。

「もちろん、最初からなにもかもやってくれと言うつもりはありません。おふたりはまだ若い。今後、日々の仕事を通してさらに技術を磨くことも必要だし、可能です。そういう意味でも、恵まれた環境だと思います」

今のところ進藤のもとで働いている職人は、ほとんどが年配のベテランらしい。技術力を重視するからには、どうしてもそうなってしまう。一方で、若手の育成も重要な課題なのだと進藤は熱弁した。

「待遇に関しても、他の競合には負けない水準を約束します。勤務地は東京の郊外になりますが、近くに住むところも手配できます」

どんどん話が詳細になっていく。徳井たちが断るとは想定していないのだろう、よどみのない話しぶりだ。

「あなたがたはすばらしい技術とセンスを持っている。うちに来てもらえれば、その才能を存分に活かし、かつ伸ばせます。絶対に後悔はさせません」

喋《しゃべ》りづめでのどがかわいたのか、進藤は水の入ったコップを手にとってごくりと飲んだ。徳井は勇気を出してたずねた。

「あの、自分たちの椅子を作ることは……」

「自分たちの？」

進藤が眉を上げ、ふっと笑った。

「ああ、もちろん、かまいませんよ。今働いているスタッフたちも、休みの日には趣味でいろいろ作っているようです」

休みの日に、趣味で。

そんなことを聞いているのではないと切り返せる雰囲気ではなかった。魚住も依然《いぜん》として押し黙っている。

「ん？　ちょっと失礼」

進藤がジャケットのポケットを探った。携帯電話を取り出し、液晶を確認して顔をしかめる。

「もしもし？　どうした？」

徳井は横目で魚住をうかがった。見たこともないような無表情だった。

「うん。いや、もう終わる。わかった。うん、じゃあ後で」

小声で通話をすませ、進藤は腰を上げた。

「すみません、急な用ができてしまったので失礼します。少し考えてみて下さい。で、ここに連絡をもらえれば」

ローテーブルに名刺《めいし》を置いて、ひらりとコートをはおる。

「じゃ、また近いうちに」

進藤は軽く片手を上げ、来たときと同じく颯爽《さっそう》と去っていった。

進藤と入れ替わりに、胡桃と菜摘が向かいのソファへやってきた。

「進藤先生、なんて？」

胡桃が探るように聞いた。会話の内容までは聞きとれなかったらしい。とはいえ徳井たちの冴えない表情から、不穏《ふおん》な気配は察しているようだ。

「いい話じゃなかったの？」

「いい話、だったよ」

魚住が答えた。

「先生の下で働かないかって。最近、椅子の工房を立ちあげたらしい。そこで働く職人を探してるんだって」

「それって、進藤勝利にスカウトされたってこと？」

胡桃が言い、

「すごいじゃない」

と菜摘もつぶやいた。建築家として、また椅子デザイナーとして、進藤がいかに有名かつ有能な人物なのか、大阪へ行ったときに魚住からさんざん聞かされていたのだ。

「すごいよ。おめでとう、徳井さん」

魚住が言った。胡桃と菜摘がきょとんとした顔で、徳井を見た。

「おい魚住」

口を挟《はさ》もうとする徳井をさえぎって、魚住は続ける。

「先生はギャラリー・オオタニの椅子を見て、徳井さんの技術に感心したんだって。自分のデザインした椅子を、徳井さんに作ってほしいらしい」

進藤が実際に口にした言葉とは少し違う。「徳井の」技術、とは彼は言わなかった。

「徳井に」作ってほしい、とも。

でも、そう言い返したところでなんの意味もないことは、徳井にもわかった。

進藤は知らないのだ。あの椅子は、中でも彼が注目したらしい細部のしあげは、ほとんど徳井がひとりでやったということを。無理もない。デザインは魚住、実作業は主に徳井が担うという役割分担については、大谷にも特に伝えていなかった。その必要を感じなかったから。

事情をのみこめたようで、胡桃が両手で口もとを覆《おお》った。菜摘のほうはまだぴんとこないようで、不安げに徳井と魚住を見比べている。

「つまりね」

魚住が菜摘のために補った。

「進藤先生が気に入ったのは、おれらの椅子そのものじゃない。あの椅子をしあげた、技術力だったってこと」

声音《こわね》も、表情も、冷静だった。冷静すぎるといえなくもない。

「先生が求めてるのは、高い技術を持った木工職人なんだよ。デザイナーはいらない。まあ当然だよね。デザインは、先生が自分でやるからね」

そんな当然のことに、徳井はまるで思いいたらなかった。緊張しすぎていたせいか、はたまた期待しすぎていたせいか、もしくは両方かもしれない。

魚住も、そうだったはずだ。つい三十分ほど前までは、うきうきと希望に胸をふくらませ、敬愛する巨匠を待っていた。

「まいったな。まさか徳井さんが引き抜かれちゃうなんてね。相手が進藤先生じゃ、おれに勝ち目はないし。今受けちゃってる仕事、おれひとりでこなせるかな」

「律ちゃん、もう返事しちゃったの？」

菜摘が遠慮がちにたずねた。

「いや」

「早くしたほうがいいよ。ほらこれ、連絡先。なくさないようにね」

魚住がテーブルに残された進藤の名刺を手にとり、徳井の前に置き直した。

「ちょっと待てよ。ちゃんと話しあわないと」

「話しあう必要なんかある？」

「あるよ」

「あの」

胡桃が割って入った。

「わたしたち、部屋で待ってます。話が終わるまで」

さっと立ちあがる。目くばせされた菜摘も、はじかれたように腰を上げた。


ラウンジを出ていくふたりを見送って、徳井は魚住の正面に移った。

ソファにもたれて窓の外を眺める魚住の横顔からは、さっきまでの不自然な笑みは消えていた。徳井もつられておもてに目をやった。ひとけのない中庭に、雪がちらちらと舞いはじめている。

「で？　話しあうって、なにを？」

いかにも面倒くさそうに、魚住は口を開いた。

「だから、進藤先生のことを……」

「それは徳井さんしだいだよね？　徳井さんが誘われてるんだから。ふたりで話しあうことじゃなくない？」

早口で言いたてる。

「あ、一応おれの意見も聞きたいってこと？　聞くまでもないと思うけど？　天下の進藤勝利が、じきじきに声かけてきてんだよ。受けるしかないでしょ。おれだけじゃない、誰に聞いたってそう言うよ」

　組みかえようとした脚がテーブルにぶつかり、がたん、と派手な音が立った。

「いてっ」

「なあ魚住、ちょっと落ち着けよ」

「おれは落ち着いてる」

　魚住が足首をさすりつつ、上目遣いで徳井を見た。

「徳井さんこそ、落ち着いて考えなって。こんないい話、めったにないよ。おれのことは気にしないでいいから」

「気にしてなんかない」

「そう？　なら、よかった。おれもうれしいよ。徳井さんの技術は半端《はんぱ》ないって、学生の頃からわかってたもん。これで、おれの目は正しかったって証明された」

　魚住の言葉はうそではないと、徳井にもわかる。徳井の能力が高く評価されたことを、進藤の椅子を手がけるにふさわしい職人として選ばれたことを、喜んでくれているのは事実なのだろう。自分自身は選ばれなかったにもかかわらず。

だからこそ、そんな魚住の前で、徳井は手放しで喜べない。魚住の言うとおり、落ち着いて考えてみなければ。

「なんかないかな、方法は」

「方法って？」

魚住がいぶかしげに眉をひそめる。

「たとえば……ふたり一緒に雇《やと》ってもらえないか、頼んでみるか？　ほら、ちゃんと教育もしてくれるって話だったし。最初のうちは一人前の戦力にはなれないかもしれないけど、どんどん腕を磨いてけば……」

「そんなの無理だって。徳井さん、進藤先生の話、ちゃんと聞いてた？　よりすぐりの職人を集めて、完璧に作らせるんでしょ。おれなんかお呼びじゃないよ」

魚住は鼻で笑う。

「おれだって別に、そんな自信があるわけじゃないし」

「徳井さんは心配ないよ。先生が現物をちゃんと見て、合格だって判断したんだから」

「それを言うなら、魚住だってまだわかんないじゃないか。現物見せたわけじゃないんだし、はなから無理って決めつけなくても」

「なに言ってんの、徳井さん？」

魚住がなんともいえない表情を浮かべて、徳井をじっと見た。

「そうやって見てもらったとして、おれが合格できるって本気で思う？」

徳井はまたしても答えに窮《きゅう》した。

「思わないなら、あんまり無責任なこと言わないでほしいな」

魚住が茶化すようにたたみかけた。明るい声とはうらはらに、目は笑っていない。

「ちょっと徳井さん、どうしちゃったんだよ？　現実を見ろって、いつも自分で言ってない？　そりゃね、おれだって、できることなら進藤先生の下で働いてみたいよ。でも、無理なもんは無理なんだって」

進藤の名刺を徳井のほうにすべらせる。

「はい、これ。連絡しなよ。早いほうがいい」

「ちょっと待てよ。まだそんな」

やいやい一方的にまくしたてられても、頭がまとまらない。

「まだそんな、なに？　なんか文句あんの？」

魚住はもはや完全にけんか腰だった。

「心配することなんか、ひとつもないよね？　椅子だけで食ってけるかって徳井さん気にしてたけど、進藤先生の下なら大丈夫でしょ。あ、もしかして、じいちゃんのこと？　おれがついてるから安心してよ。おれはもう孫みたいなもんだって、じいちゃんも言ってくれてるし。あとは……なっちゃんはさびしがるかな？　でもなっちゃんのことだから、徳井さんの夢を応援してくれるって」

夢だなんて、そんな大仰なことを言われても困る。椅子を作るのは楽しいし、進藤に腕を認めてもらえて光栄にも感じるけれど、徳井には特別な野望も欲もない。進藤とともに働くこと、それは徳井ではなく魚住の夢だろう。

「おれは別に……」

「別に、椅子職人になる気なんかなかった？」

魚住が冷ややかにさえぎった。

「そんな言い訳、やめてよ。おれは徳井さんと一緒に、人生賭《か》けて、真剣に椅子作ってきたつもりだったのに」

不気味なほど静かな声だった。人生なんておおげさな、とまぜ返すには、静かすぎた。

「この話、もうやめようぜ。適当に慰《なぐさ》めてもらっても、むなしくなるだけだから。徳井さんは選ばれた、おれは選ばれなかった。以上おしまい」

ぞんざいに言い捨てられて、徳井もさすがにかちんときた。

「なんだよ、その言いかた」

魚住の落胆もわかるが、徳井だって巻きこまれた側なのだ。雇ってほしいと進藤に頼みこんだわけでも、魚住を蹴落としたわけでもなく、ただ選ばれてしまった。徳井ばかりが悪者みたいに責められるのは、いささか理不尽ではないか。

こんなふうにもめてまで、進藤の下で働きたくはない。

「もういいよ、断るよ」

「断る?」

魚住が眉をつりあげた。

「徳井さん、正気? 頭おかしいんじゃないの? なんで断るわけ?」

「なんでって……」

お前がぴりぴりしてるから、とはさすがに口にできない。

「なんだよ、おれのせい?」

魚住が顔をゆがめ、徳井は無言で応《こた》えた。否定してやる気力が残っていなかった。魚住が徳井から目をそむけてぼそりと言った。

「またかよ」

「またって？」

「徳井さんっていつもそう。なにやるにしても、周りの顔色うかがって。自分の意思ってもんはないわけ？」

「はあ？　なんだよそれ？」

言いがかりにもほどがある。徳井は魚住のことを気遣って、こんなに悩んでいるのに。

「それで全部、他人のせいにしてさ。地元に戻ってきたのは、じいちゃんのせい。椅子作りはじめたのは、おれのせい」

急《せ》きたてられるように、魚住は言葉を重ねる。だんだん声が大きくなっていく。真後ろの席に座っている客が、ちらりとこちらを振り返った。

「これで進藤先生に断って、またおれのせいにされたらたまんないよ。じいちゃんだってずっと気にしてるんだよ。徳井さんが自分の犠牲《ぎせい》になってるんじゃないかって」

不吉《ふきつ》な響きに、徳井はどきりとした。

「そうだよ。ほんとは東京にいたかったのに、じいちゃんのせいでこっちに帰ってこなきゃいけなくなったって」

「そんなふうに考えたことないよ、おれは」

でも、じいちゃんのほうは、そんなふうに考えてたのか？　しかもその本心を、魚住には打ち明けてるのか？

「だよね？　おれもそう思う。今の徳井さん、東京にいたときよりずっと元気そうだし、生き生きしてる」

魚住は徳井をにらみつけた。

「そこがずるいって言ってんの。徳井さんは帰ってきたかったから帰ってきた。そのくせ、もっと世間に通用するような理由がほしいんだ」

「おれは世間体なんか気にしてない」

たじろぎつつも、徳井はなんとか反論した。

「かもね」

意外にも、魚住は勢いよくうなずいた。

「徳井さんが気にしてるのは世間じゃない。自分だよ。自分に言い訳してるんだよ。もしもうまくいかなかったときに、おれは悪くないんだって思えるように」

刺すような目つきに、徳井は絶句する。

「椅子のことだってそうだよ。あれこれ理屈はつけてるけど、要するに、全力出して失敗するのがこわいだけなんじゃないの？　徳井さんのそういうとこ、見ててほんとにいらいらする」

魚住は吐き捨てるように言いきって、腰を上げた。自分のダウンジャケットをつかみ、ラウンジの出口へとずんずん向かっていく。

「おい、どこ行くんだよ」

徳井はあわてて呼びかけた。

「帰る」

魚住は振り向かずに答える。

「え？　帰るなら、菜摘を呼ばないと」

三人では軽トラに乗れないから、今日は菜摘が車を出してくれたのだ。

「いい、おれは乗らない。歩いて帰る」

「歩く？　この雪の中？」

「川沿い歩いてけば、そのうち着くでしょ」

ひきとめる気も失せてしまい、徳井はソファに体を沈めた。勝手にしてくれ。極寒《ごっかん》の中を歩けば、多少は頭も冷えるかもしれない。

胡桃に電話して手短に事情を説明したところ、徳井さんもこっちに来て話しませんか、と誘われた。

はじめて足を踏み入れた客室は、徳井が想像していたよりもだいぶ広かった。手前にキングサイズのベッドと書き物机、奥の窓際にはソファも置いてある。傍らのローテーブルに、色とりどりのぬいぐるみがずらりと並んでいた。

「すごいな」

つかのま疲労もいらだちも忘れ、徳井の目はそちらに吸い寄せられた。胡桃の作品はひとつひとつ見ても迫力があるけれど、勢ぞろいするといっそう凄味《すごみ》が増す。

「見てこれ、かわいいでしょ。わたしのお気に入り」

ソファに座っていた菜摘が、空色のぬいぐるみを両手でかかげてみせた。やけにほがらかな声は、くたびれた徳井に気を遣ってくれているのかもしれない。

「なにそれ？」

ずんぐりした魚の頭から、二本の細い針金が触角《しょっかく》のように飛び出し、その先端にハート形の飾りがつけてある。胡桃の作品の中では、比較的かわいらしい部類に入るだろう。まるっこいふたつの目には愛嬌《あいきょう》があるし、刺繍《ししゅう》糸でかがられた口からも、まがまがしい牙《きば》や不気味な舌はのぞいていない。

「チョウチンアンコウです」

作者が答え、書き物机の椅子をひいて徳井にすすめてくれた。机の上には、さまざまな色や柄の布や糸やボタンがごちゃごちゃと置かれている。はさみや針山といった裁縫《さいほう》道具は、どれも使いこまれているのが見てとれた。

胡桃がベッドの端に腰を下ろし、口を開いた。

「光くん、まだすねてました？」

「すねてるっていうか」

徳井は言いよどんだ。

「……怒ってる」

「気にしなくていいですよ。光くん、徳井さんじゃなくて、自分に怒ってるんです。技術が足りないのが悔《くや》しくて」

胡桃は慰めるように言う。

「うらやましいだろうとは思いますよ、当然。嫉妬、は言いすぎですけど、進藤勝利は光くんのアイドルだから。でも基本的には、徳井さんを応援したいはずです」

「まあ、本人もそう言ってたけどね」

「でしょう？」

「でも、おれにも怒ってるんだよ。はっきり言われた。見てていらいらするって」

板材に釘を打ちこむような、容赦のない魚住の口ぶりを思い返す。もう怒りはわいてこなかった。

そうだ、魚住はおれを応援しようとしてくれている。だから、どうしていいものやら決めかねているおれに、腹を立てているのだ。

「徳井さん、まさか迷ってるんですか？」

胡桃が眉をひそめ、ぐっと身を乗り出した。

「どうして？　せっかくのチャンスを見逃すつもりですか？」

こんなふうに感情をあらわにするのは、はじめて会った日、血相《けっそう》を変えて魚住に詰め寄っていたとき以来だ。

「いや、なんていうか、急な話でまだちょっと頭が追いついてないっていうか」

徳井は正直に答えた。菜摘は会話には加わらず、膝にのせたチョウチンアンコウの、ハート形の提灯《ちょうちん》をいじっている。

「まあ、それはそうですよね」

胡桃が声を和らげた。

「でも客観的に見ても、すごくいい話だと思います。どんなに才能があったって、やっぱり独学では身につけられない力もありますし。進藤先生のところで学べることはきっと多いですよ」

老舗《しにせ》の工房で生まれ育ち、大勢の職人たちを間近で見てきたであろう胡桃の意見には、説得力がある。そういえば、魚住が東京へ戻るべき最大の理由として、工房でもっと修業を積むべきだとも主張していた。

よく考えたら、進藤の提案は胡桃にとっても悪い話ではない。徳井が東京で働くとなると、魚住をこの町にひきとめている要因がひとつ減る。魚住本人は、引き続きここにとどまるようなことも言っていたが、実際に徳井がいなくなった後で、なにもかもひとりで切り回していけるかは疑わしい。少なくとも、現状を変えるひとつの転機にはなりうるだろう。

「光くんのことが心配なのはわかります。徳井さんは優しいから。だけど」

胡桃はためらうように言葉を切って、徳井のほうへ向き直った。

「優しくしてあげるのが、必ずしも光くんのためになるとは限らない。甘やかされてるばっかりじゃ、いつまで経っても一人前になれません」

徳井はなにも言い返せなかった。

魚住を過剰に甘やかしているつもりはない。けれど、魚住が無謀な納期を約束してしまったときも、思ったように作業が進まないと泣きついてきたときも、結果的に徳井が助けているのは事実だ。なんでおれがお前の尻拭いばっかりしなきゃいけないんだよ、とぼやいたことも一度ではない。その場に居あわせた胡桃に、苦笑されたことも。

　魚住は甘い、と徳井は苦々しく思っていた。本人に文句を言いもした。でも、甘やかしてくれる相手がいなければ、そもそも甘えようもないのだ。

「ふたりで工房をやりたいっていうのはわかります。でも、お互いにもう少し経験を積んでからでも遅くないと思うんです。ベテランの職人でも、ふたりだけで工房を回すのって大変なんですよ。なんでもかんでも自分たちでやらなきゃいけないし」

　胡桃の言わんとすることは、会社勤めの経験がある徳井にはよくわかる。徳井は営業職として、営業活動に専念していればよかった。それ以外の仕事は他部署が分担してやってくれる。設計部が図面をひき、調達部が建材を仕入れ、経理部が帳簿をつける。大勢の人間の協力のもとに、組織は回っていた。

「失礼なこと言って、すみません」

　胡桃が小声で謝った。徳井は力なく首を横に振る。

「いや」

　失礼ではない。本当のことだ。職人としてもまだまだ未熟《みじゅく》なふたりがどこまでできるのか、憂える胡桃の心中もまた、徳井にはよくわかるのだった。

ホテルを出ると、雪は本降りになっていた。

「魚住くん、大丈夫かな？」

運転席の菜摘がぽつりと言った。

念のため、徳井も歩道には気を配っているけれど、それらしい人影は今のところ見あたらない。それらしいもなにも、この天気で歩行者はほとんどいない。反対に車道は混んでいる。休みなく動くワイパーの向こうに、白っぽく染まった道の先までテールランプが延々と連なっている。

「まあ、自分でなんとかするよ。子どもじゃないんだし」

まさか、本当に家まで歩きとおせるはずもない。小銭しか持っていないと言っていたからタクシーは拾えないだろうが、路線バスに乗るか、あるいは胡桃を頼ってホテルに戻る可能性もある。

「ほんとのこと言うとね」

菜摘が口調をあらためた。

「律ちゃんが断っちゃえばいいのにって思ってたの、わたし」

「へっ？」

徳井はまぬけな声をもらした。

「わたしはしろうとで、反対できるような立場じゃないのはわかってる。業界の事情もよく知らないし、進藤勝利がすごいっていうのは魚住くんに教えてもらったけど、やっぱりぴんとこないし」

徳井ではなく進行方向を、菜摘はまっすぐ見つめている。言葉を吟味するように、ゆっくりと喋る。

「だけどわたしはね、律ちゃんと魚住くんがふたりで作ってる椅子、ほんとに好きなんだ。だから、今のままでいいんじゃないかなって。わざわざよそに行かなくたって、これまでどおり、あの作業場で作ればいい。せっかくお客さんも増えてきて、うまく回りはじめたところでしょう。それに」

ためらいがちに言葉をとぎらせ、声を落とした。

「さびしくなるから」

徳井はとっさに返事ができなかった。

「子どもっぽいよね。魚住くんや胡桃ちゃんが盛りあがってるのも、なんかもやもやしちゃって。結局あっさり出ていっちゃうんだな、とか、胡桃ちゃんにしてみれば魚住くんと一緒に東京へ帰れて都合がいいよね、とか、ぐずぐず考えたり。そもそも東京のひとだしな、とか」

「ああ」

それは、ついさっき徳井も考えていたことだ。

「別にわたし、都会がうらやましいってわけじゃないんだよ。逆に、なにがなんでも地元が最高、とかも思わない。ただね、なんていうか、違うんだなって思ったの。魚住くんも胡桃ちゃんも、仲よくなったつもりでも、結局は別の世界に住んでるひとたちだったんだなって」

ずっとここにいればいいのに。バーベキューの日、徳井に言い放った菜摘の澄んだまなざしが、脳裏《のうり》をよぎった。口で言うほど簡単な話ではないと、菜摘もおそらく承知していたのだろう。

半分ひとりごとのようにぽつりぽつりと言葉を重ねていく菜摘に、あのときの勢いはない。

「でね、胡桃ちゃんとふたりで律ちゃんたちを待ってるときに、そんなことをぽろっと言っちゃって」

ぽろっと、という言いかたも、なんだか菜摘らしくない。考えなしに口がすべってしまったわけではなく、考えすぎたあまり、本音をおさえきれなくなったのだろう。

「一瞬でわれに返ったけどね。わたし、なにやってんだろって。あんなに年下の女の子を困らせるなんて」

急に気恥ずかしくなって、菜摘はあたふたととりなしたそうだ。生まれ育った場所のほうが落ち着くのは当然だよね、家族も友達もいるんだし、と。

「そしたら胡桃ちゃんが、それは誤解だって。わたしもできることならもっとここにいたいですよ、って」

「なんで？」

徳井は思わず問い返した。

「わたし友達いませんから、って笑ってた」

友達なら、むしろこっちのほうが多いです。菜摘さんと、徳井さん。家族は別に、もし顔が見たくなったらいつでも会いに戻ればいい。それにわたし、ここが気に入ってるんです。

「おせじや社交辞令には、聞こえなかった」

確かに胡桃は常日頃から、仕事がはかどると嬉々として繰り返していた。それが彼女にとって非常に重要な意味を持つということは、すでに徳井たちも知っている。胡桃が創作活動に注ぐ情熱は、生半可《なまはんか》なものではない。

でもとりあえずわたしのことはいいんです、と胡桃はおおまじめに言ったらしい。とにかく、光くんは一度東京に戻らないと。今回のことでちょっと考えも変わるかもしれません。自分ももっと成長しなきゃって、あせるんじゃないかな。

「それ聞いて反省したんだ、わたし。わたしは自分のことしか考えてなかった」

徳井たちを待っている間に、女ふたりも腹を割って話していたようだ。徳井が胡桃の部屋に入っていったときに感じた、微妙にぎこちない空気は、その名残《なごり》だったのかもしれない。

「だから」

ルームミラー越しに、菜摘が徳井と目を合わせた。

「わたしも律ちゃんのこと、応援したい」

と、きまじめに言った。

玄関に魚住の靴《くつ》はなかった。茶の間をのぞくと、じいちゃんがこたつで新聞を読んでいた。

「ただいま」

「ああ、おかえり」

じいちゃんは顔を上げ、不思議そうにたずねた。

「一緒じゃなかったのか？」

徳井たちがどんな用事で出かけたのかはじいちゃんも知っている。ゆうべ魚住が浮かれてべらべらと喋ったからだ。

「ああ、うん、ちょっと」

徳井は言葉を濁した。今はまだ詳しい顚末《てんまつ》を話す気になれない。じいちゃんもそれきりなにも言わず、黙々と新聞をめくっている。孫の沈んだ顔つきから、なにかしら察したのかもしれない。

徳井がひとまず自室にひきあげようとしたところで、じいちゃんが大きなくしゃみをした。

「どしたの？　風邪《かぜ》？」

「いや」

言ったそばから、こほこほと咳《せ》きこんでいる。徳井はじいちゃんの傍らに膝をつき、背中をさすった。

「大丈夫？　薬飲む？」

じいちゃんだって、と徳井に食ってかかった魚住の険しい顔つきを、不意に思い出す。ずっと気にしてるんだよ。徳井さんが自分の犠牲になってるんじゃないかって。

「いや、いらない」

じいちゃんが顔をそむけ、ごほん、とひときわ苦しげな咳《せき》ばらいをした。

「それより、晩めしはどうする？」

「あ」

いしやま食堂が休みなので、どこか別の店で食べるか、出前をとるか、魚住と相談するつもりだったのに、それどころではなくなってしまった。今朝の時点では、お祝いがてら豪華にいこうよ、寿司《すし》とかうなぎとか、と魚住はのんきにはしゃいでいたが、もはやそんな気分でもないだろう。徳井たちと夕食をともにする気なのかさえ定かではない。

「じいちゃん、なに食べたい？」

気を取り直し、徳井は問いかけた。

「ていうか、食欲はある？」

「ある」

じいちゃんがむっつりと答えた。病人扱いされるのが大きらいなのだ。そうして次の瞬間に、またひとつ盛大なくしゃみをした。


夕食は寄せ鍋《なべ》にした。

徳井にもできる、数少ない料理のひとつで、冬場はたまにやる。本人は認めないものの明らかに体調が悪そうなじいちゃんを、外へ連れ出すのは気が進まない。鍋料理なら胃に優しくて体もあたたまる。魚住がひょっこり戻ってくるかもしれないので、具材は多めに用意した。

が、六時を過ぎても魚住は帰ってこなかった。連絡もない。徳井と顔を合わせるのがまだ気まずいのだろうか。案外、胡桃となにか食べているのかもしれない。こちらから聞いてやるのも癪なので、放っておくことにした。

　こたつの上に卓上コンロを据え、じいちゃんとさし向かいで食べはじめた。ふたりきりの夕食はずいぶんひさしぶりだ。一年前はこれが普通だったはずなのに、いやに静かに感じる。居心地が悪いというほどではないけれど、やけにビールが進んでしまう。

「どうだったんだ、今日は」

　ひとしきり食べたところで、じいちゃんが切り出した。夕方に比べて顔色がよくなり、咳もとまっている。

「進藤先生のところで働かないかって誘われた」

　徳井は短く答えた。勤務地が東京であることも、魚住がへそを曲げていることも、なんとなく言いづらかった。本調子ではないじいちゃんに、わざわざ暗い話題をぶつけるのもしのびない。

「受けるのか？」

「まだわからない」

　応援する、と菜摘は言った。いい話だ、と胡桃は言った。断るなんて頭がおかしい、と魚住は言った。

当の徳井だけがあいまいなことしか言えないのが、情けない。

「もう少し考える」

言い訳がましくつけ加え、まだ開けていなかった肉のパックを手にとった。肉も野菜もちょうど三分の一ほど残っている。

「じいちゃん、もっと食べない？」

「いや、もういい。腹いっぱいだ」

徳井もけっこう満腹だが、とりあえず残りをすべて鍋の中にぶちこんだ。ついでに水も足そうと台所に立ち、戻ってきたところで、じいちゃんに声をかけられた。

「律、電話」

ポケットからすべり落ちたのだろう、こたつぶとんの上に転がった携帯電話の液晶が、明るい光を放っていた。

てっきり魚住かと思ったら、違った。

「光くん、一緒にいます？」

胡桃は挨拶もそこそこに、早口でたずねた。

「いや。あれから連絡もない」

「ないですか」

一気に声が暗くなる。

「何度も電話してるんですけど、全然つながらなくて、ちょっと心配になっちゃって」

「え、そうなの？」

「光くん、なにか言ってませんでした？　徳井さんと別れるときに」

すさまじい剣幕《けんまく》で徳井を罵《ののし》った魚住の、鋭い非難の言葉が、頭の中をかけめぐる。

言っていた。

周りの顔色うかがって。他人のせいにして。自分に言い訳してるんだよ。うまくいかなかったときに、おれは悪くないんだって思えるように。要するに、全力出して失敗するのがこわいだけなんじゃないの。

「徳井さん？」

胡桃の声で、われに返る。

「歩いて帰るとか言ってたけど」

答えてはみたものの、手がかりになりそうにもない。

「そうですか……」

「ごめんな」

胡桃の落胆が、電話越しにもはっきりと伝わってくる。

「いえ、こちらこそ、お騒がせしてすみません。またどこかに行っちゃったらどうしようと思って」

なにかあったら連絡しあうと約束して電話を切るなり、どうしたんだ、とじいちゃんに聞かれた。

「胡桃ちゃんが、魚住がつかまらないって。現金もほとんど持ってないはずなのに、どこほっつき歩いてるんだろ」

胡桃が不安になるのも無理はない。魚住には黙って行方をくらました前科がある。そうでなくてもこんな悪天候では、無事に家へ帰れたか気になるだろう。このあたりで積もるほどの雪が降るのも珍しい。

「あいつ、なに考えてんだよ」

むらむらと腹が立ってきた。徳井は他人の顔色ばかりうかがっていると魚住はもっともらしく糾弾《きゅうだん》してみせたが、自分こそ少しは周りの気持ちを考えたらどうなんだ。

「悪気はないんだけどな」

魚住をかばうじいちゃんにまで、いらいらしてくる。

「そういう問題じゃないよ。みんなに心配かけて。ちょっとは周りの迷惑も考えろよな、子どもじゃないんだし」

「律は子どもの頃から、考えすぎるところがあったからな」

のんびりと言われて、徳井はさらにむっとした。

「悪い?」

否定できないのが悔しい。

「悪くはない」

じいちゃんがコンロの火をとめた。

「ただな、ひとりで考えて腹の中にためこむばっかりじゃ、体に毒だ」

「じゃあ、じいちゃんはどうなの?」

反射的に、徳井は言い返していた。

「おれがじいちゃんの犠牲になってるんじゃないかって、気にしてくれてたんだってね？　魚住に聞いたよ」

鍋からたちのぼる白い湯気の向こうで、じいちゃんがわずかに目を見開いた。

「おれはそんなふうに思ってないよ。全然、思ってない。でもじいちゃん、言いたいことがあるんだったら、直接おれに言ってくれればよかったのに。腹の中にためこんでないで」

それとも、魚住にだけは本心を打ち明けられるのか？　実の孫には明かせない悩みや屈託《くったく》も、素直にさらせるのか？

「じいちゃん、魚住と仲いいもんね？　あいつも言ってたよ。おれがついてるから、じいちゃんのことは心配すんなって」

ひと息に言い終えたそばから、しまった、と思った。

「おれがついてる？」

じいちゃんがけげんそうに首をかしげた。

徳井が事の次第を説明する間、じいちゃんは腕組みをして耳を傾けていた。

「どうしたらいいと思う？」

ひととおり話した後、徳井の口から自然に質問がこぼれ出た。子どもの頃、友達とけんかしたり、ばあちゃんを怒らせてしまったりして、じいちゃんに助言を求めたときのように。

「律は、どうしたらいいと思う？」

これも昔と同様に、じいちゃんは問い返してくる。

「確かに、いい話だよ。だけど魚住のこともあるし」

しかも引っ越さなきゃいけないし、と徳井は声には出さずにつけ足した。犠牲という一語が、まだ胸の中にわだかまっている。

「とりあえず自分のことだけ考えろ。何度も言うようだけど、お前は考えすぎるところがある」

じいちゃんが徳井と目を合わせた。

「ちょうどいいのかもな、椅子は」

「ちょうどいいって？」

「頭を使って手も動かす。両方やるから、うまいことバランスがとれる。頭と手と、あとはここだな」

じいちゃんが手のひらで胸をとんとんとたたいた。

「どんな気持ちで作るかで、できばえは変わる。上手とか下手とかいうのとは、またちょっと違うけども」

わかるか、というふうに徳井を見る。徳井もじいちゃんを見つめ返した。

「うん」

わかるような気がする。

「律はどうして椅子を作ってる？」

「魚住に誘われたから」

いったん答え、徳井は言い直した。

「いや。楽しいから、作ってる」

「そうだ。ここだよ」

じいちゃんが再び胸に手をあてた。

「見てたらわかる。ふたりとも本当に楽しそうだ。そのきっかけを作ってくれたあいつに、お前は恩がある」

徳井は思わず口を挟んだ。

「それは、わかってるよ」

去年の五月から、徳井の生活は一変した。もしも魚住が転がりこんでこなければ、今も徳井は修理屋の仕事をこなしながら、よくいえば平穏な、悪くいえば単調な日々を漫然《まんぜん》と過ごしていただろう。

新しい世界につながる扉を、魚住が開いたのだ。

「だから、魚住を見捨てるようなことはしたくないんだ」

じいちゃんがゆっくりと首を横に振った。

「あいつはそう望んでるか？」

「それは……」

徳井はうなだれた。

「恩返しをしたいなら、お前はいい椅子を作り続けるしかないんじゃないか？　どこで作るか、場所は関係なく」

じいちゃんは、正しい。徳井がいい椅子を作ることを、職人として腕を上げることを、きっと魚住も願ってくれている。

「あいつだって、いつまでもすねちゃいない。そのうち腹を括《くく》るよ」

それに、とじいちゃんはつけ加えた。

「すねてるのは、お前もなんじゃないか?」

「へ?　おれが?」

「ひきとめてほしかったんじゃないか、あいつに」

徳井は小さく息をのむ。

「なに言ってんだよ?」

かろうじて言ったきり、あとが続かなかった。

もとはといえば、徳井をこの世界に引き入れたのは魚住なのだ。扉を開いたどころではない、強引に腕をつかんで、半ば力任せにひきずりこんだ。それなのに、今さらその手をあっさり離すなんて。ふたりでやろう、とあれだけしつこく繰り返しておきながら。

徳井は立ちあがった。

「ちょっと、行ってくる」

言いたいことは、直接言ったほうがいい。たぶん、お互いに。

「気をつけてな」

じいちゃんが徳井を見上げて微笑んだ。

外はおそろしく寒かった。

膝下丈《ひざしたたけ》のダウンコートに、ニット帽をかぶり手袋をはめマフラーをぐるぐると巻き、それでもビールの酔いはたちまち吹き飛んだ。とはいえ車に乗るわけにもいかず、徳井は徒歩で川をめざした。

川に沿って歩くという魚住の捨てぜりふが本気だったのかはあやしいが、それ以外に手がかりがない。電話も相変わらずつながらない。雪がやんでいるのだけが、不幸中の幸いだった。道路はうっすらと濡れている。どこかで雨に変わったのかもしれない。

堤防《ていぼう》の上に延びている歩道には、人っ子ひとりいなかった。街灯のほのかな光は足もとの流れまでは届かず、水音だけがばかにくっきりと聞こえる。

さしあたり、市街地の方角へ足を向けた。はるか遠くに街のあかりがぽつぽつと散っている。体は多少あたたまってきたものの、風にさらされている顔面は、冷たいのを通り越してぴりぴりと痛む。

　こんなに暗くて寒い中を、都会っ子の魚住が歩けるものだろうか。根性がなくて甘ったれの、あの魚住が。

　一年足らずのできごとが、きれぎれに徳井の頭をよぎる。はじめてふたりで作ったカエデの椅子。吉野に依頼された夫婦椅子。穴吹夫妻のためにこしらえたファーストチェア。ギャラリー・オオタニに置かれた四脚の椅子。他にもいくつもの椅子を、一緒に作ってきた。

　うまくいかないことが出てくるたびに、魚住は徳井を頼った。一生のお願い、と幾度となく助けを求めてきた。そのときどきは、むろん困ったり弱ったりしていたはずなのに、しかしこうして思い返してみれば、どういうわけか記憶の中の魚住は笑っている。ふたりとも楽しそうだ、とじいちゃんはさっき言っていた。徳井もまた、似たような顔をしていたのだろうか。

　魚住は今、どんな顔で夜道を歩いているのだろう。ひとりぼっちで、凍《こご》えながら。

いや、本当に歩いているとは限らない。なにせ調子のいいやつだ。威勢《いせい》よく啖呵《たんか》を切って別れた手前、すんなりと家へ戻ってくるのもきまりが悪くて、どこかで時間をつぶしているのかもしれない。街のほうには、東京に比べて数は少ないとはいえ、深夜まで営業しているファミレスやコーヒーショップもいくつかある。

ホテルでは取り乱していたけれど、時間が経って気持ちも落ち着いているに違いない。あいつは腹を括るはずだとじいちゃんも請けあっていた。そうだろうと徳井も思う。魚住は根性がないし甘ったれだが、決して弱くはない。むしろ、逆境でも図太く立ち回って乗り越えてしまう性分《しょうぶん》だ。

大丈夫だろうと考えれば考えるほどに、なぜかかえって胸騒ぎがしてきて、徳井は足を速める。

魚住は弱くない。どちらかといえば図太い。だが感情に流されやすい。衝動に任せて、理屈の通らない行動に出ることも少なくない。あこがれの進藤に見向きもされなかったばかりか、二人三脚でやってきた徳井まで失うかもしれないとなって、妙なぐあいに思い詰めてはいないだろうか。もともと思いこみが激しいのだ。絶望のあまり、なにをしでかすかわからない。

おれは徳井さんと一緒に、人生賭けて、真剣に椅子作ってきたつもりだったのに。

魚住らしくもない沈鬱《ちんうつ》な声が、徳井の耳によみがえる。人生、という言葉の重みに、今さらぎょっとする。やけになって、変な気を起こさなければいいのだが。

いやいや、まさか。ありえない。徳井さんは根が暗すぎるんだよ、と事あるごとにからかってくる、人並み以上に前向きな魚住のことだ。悲観的になったとしても、たかがしれている。徳井がこんなふうに気をもんでいると知ったら、それこそ根暗だと笑い飛ばすだろう。

それよりも、なけなしの金で安酒をあおり、どこかで眠りこんでしまっている可能性はないだろうか。学生時代、泥酔《でいすい》した魚住はしばしば道端にへたりこんだ。気持ちよさそうにいびきをかき出したところを揺り起こし、顔をひっぱたき、下宿まで連れ帰るのに苦労したものだ。警察に保護されてしまい、連絡を受けた徳井が迎えにいくはめになったこともある。

思い出し、別の不安が頭をもたげた。すでに気温は零下《れいか》に近いだろう。これから夜半にかけていよいよ冷えこむはずだ。東京の繁華街の路上なら、凍死する前に誰かが見つけてくれる。でもこのあたりでは、そうもいかない。

徳井は足をとめ、左右を見回してみた。街灯の届かない暗がりで、魚住は眠りこけているかもしれない。

「徳井さん」

またもや、弱々しい魚住の声が聞こえた気がした。

どこにいるんだよ魚住、と徳井は心の中で呼びかける。心配かけるのもいいかげんにしろ。

「徳井さん」

魚住の声が少しだけ大きくなった。

徳井は正面に向き直り、歩道の先に目をこらした。見覚えのある人影が、小さく手を振っていた。

驚いたことに、ホテルで徳井と別れた後、魚住はほとんど休みなく歩き続けていたらしい。

「もう慣れたし、そんなに寒くない」

と本人は言うけれど、顔に血の気がないのは夜目にも明らかだった。

「家まではまだけっこうあるぞ。タクシー呼ぶか？」

徳井は聞いてみた。

「いい。せっかくだから、このまま家まで歩く」

魚住はさっさと歩き出す。意地を張れる元気は残っているようだ。好きにさせることにして、徳井もあとを追いかけた。

歩きながら、胡桃に電話をかけた。途中で魚住にかわる。

「ごめん。ほんと、ごめん」

魚住は平謝りしている。

「ホテル出てすぐに、携帯の電池が切れちゃって」

それ以降は地図を確認することもままならず、ひたすら川上をめざして歩くしかなかったという。

魚住が通話を終えた後、徳井はじいちゃんにも連絡を入れた。三十分くらいで帰ると伝え、電話を切ってからふと思いつき、マフラーをほどいて魚住の首に巻いてやった。これも断られるかとも思ったが、魚住はされるがままになっている。やせがまんしていても、やっぱり寒いのだろう。

依然としてひとけのない道を歩きながら、魚住はぽつぽつと喋った。

「途中で一回、すんごい雪がひどくなって。その間は、喫茶店に避難してコーヒー飲んだんだ」

徳井が菜摘とふたり、車で帰路をたどっていた頃だろうか。

「ましになってきたから店出て、また歩いて。途中でパトカーとすれ違って、おまわりさんに道聞いて」

話題に上るのは、ホテルからの道中で起きたできごとばかりだった。その前のことには一切ふれない。

「そんで一時間くらい前かな、寒いし腹もへったから、コンビニで肉まん買って食った。今残ってるの、八十四円」

「それも買ったのか？」

魚住のぶらさげているビニール傘《がさ》に目をやって、徳井はたずねた。

「いや、もらった。夕方くらいに雪が雨になって、酒屋か米屋かなんかの軒先で雨宿《あまやど》りしてたら、店のおばさんがくれた」

魚住がくるりと傘を回した。

「そうだ、雨がやんだ後、虹《にじ》が出たんだよ。かなりでかいやつ。こう、川をまたぐ感じで」

腕をななめ上に伸ばし、傘の先で宙に弧を描いてみせる。

「めちゃくちゃきれいだった」

「へえ。珍しいな、冬の虹って」

「そっか、確かに。普通、夏の夕立の後とかだよね」

ラッキー、と魚住はうれしそうに笑った。

「おれ、子どものとき、虹の上に座ってみたかったんだよ。って、徳井さんに言ったことあったっけ？」

「ないな」

初耳だった。魚住らしいといえば、魚住らしいが。

「座り心地よさそうじゃない？　眺めもすごそうだし。でも親父には、また夢みたいなことばっかり言って、ってばかにされて。あれも傷ついたね。ま、それでもめげなかったから、こうして今ここにいるわけだけど」

「気持ちいいだろうな。虹に座れたら」

七色のアーチのてっぺんに腰かけ、愉快《ゆかい》そうに両脚をぶらぶらさせている魚住の姿が目に浮かぶ。その隣に座ったら、どんな景色が見えるのだろう。

深呼吸をひとつしてから、徳井は口を開いた。

「おれ、断るよ」

魚住がだしぬけに立ちどまった。半歩先に出た徳井も足をとめ、後ろを振り向いた。薄暗い道の真ん中で、ふたり向かいあう。

「どうして？」

魚住が言った。さっきまでとは一変して、声も表情もこわばっている。

「おれのことは気にしないでって言ってるのに……」

「気にしてない」

徳井はさえぎった。

「魚住のせいじゃない。おれが、そうしたいんだ。これからも魚住とふたりで、椅子を作りたい」

徳井が椅子を作るのは、楽しいからだ。魚住と一緒に椅子を作るのが、楽しいからだ。

胡桃にも指摘されたとおり、徳井も魚住も、まだ一人前の職人とはいえない。未熟なふたりだけで工房を運営していくのは、確かに大変だろう。でも、やってみたい。少しずつでも前に進んでいけばいい。魚住の苦手とする細かい加工を、辛抱強く教えよう。なるべく計画どおりに作業を進めていけるよう、工程管理も徹底しよう。反対に、顧客の開拓やら接客やら、徳井のほうが魚住から学ばなければならないこともあるだろう。

そうして地道に経験を重ねていけば、いつかは虹に座れるかもしれない。ふたり並んで晴れやかな気持ちで世界を見渡せる日が、来るかもしれない。

「いい椅子を作ろう。魚住とおれ、ふたりで」

魚住は身じろぎもせずに、徳井の顔をまじまじと凝視《ぎょうし》している。徳井も目をそらさなかった。そらすつもりはなかった。

先に動いたのは、魚住だった。

「好きにすれば」

徳井の横をすり抜けて、小学生みたいに傘を振り回しながら、道の先へと歩き出す。

魚は一匹も釣れない。

「おかしいなあ。こないだ胡桃と来たときは大漁だったのに」

魚住は横でぶつくさ言っている。お前のせいだとばかりに恨めしげなまなざしを向けられて、徳井は反撃を試みた。

「餌のせいじゃないか？」

魚住は生餌の入った容器をさも気味悪そうに一瞥《いちべつ》し、徳井の顔に視線を戻した。

「前は、胡桃がやってくれたんだよな」

「甘えない、頼らない、投げ出さない」

徳井はすかさず切り返した。魚住がそっぽを向く。

甘えない。頼らない。投げ出さない。あの雪の日、これからも力を合わせてやっていこうと約束したときに、魚住はこの三つを虹にかけて誓ったのだった。ちなみに、徳井にも徳井の三か条――あせらない、考えすぎない、他人のせいにしない――がある。

進藤には徳井から断りの電話を入れた。考え直すように説得されるかと身がまえていたのに、残念です、また気が向いたらいつでも連絡下さいね、とさらりと言われただけで、やや拍子抜《ひょうしぬ》けしてしまった。

拍子抜けしたといえば、進藤の下で働くべきだと主張していた胡桃も、ことさらに反対はしなかった。まあ結局こうなるような気がしてました、とあきらめたようにため息をついたきりだった。じいちゃんもまた似たようなもので、そうか、律のしたいようにしろ、と淡白な反応だった。

唯一驚いてくれたのは、菜摘だ。ほんとにいいの、わたしはうれしいけど、でもほんとにいいの、と何度も繰り返していた。

「ん？　でも、徳井さんは生餌だけど全然釣れてなくない？」

今度は徳井が黙る番だった。

「まいったな。今晩は魚尽《さかなづ》くしになるからよろしくって、なっちゃんにも言っちゃったのに」

「なんでお前はそうやって、ほいほい安請《やすう》けあいするんだよ？」

「目標は高く持ったほうがいいでしょ？」

「目標じゃなくて妄想《もうそう》だろ」

「妄想はひどくない？　せめて夢って言って」

あれから三カ月、それぞれの三か条を守りきれているとはいえない。

魚住は難しい細工を手がけるたびに弱音を吐いているし、徳井は注文の入らない日がしばらく続くと憂鬱《ゆううつ》になってくる。お互いに文句を言ったり言われたり、小さなけんかもしょっちゅうある。

ただし魚住は徳井に「これやって」ではなく「これ教えて」と頼むようになった。徳井は魚住のデザイン画を見せてもらうときに、以前より時間をかけて細部までじっくり確認するようになった。納期はふたりでみっちりと相談して決めるようにもなった。

むろん、うまくいかないときもある。けっこうある。

徳井が懇切丁寧《こんせつていねい》に教えているのに魚住がコツをのみこめず、ちゃんと話を聞けよ、だって教えかたがわかりにくいんだもん、と押し問答になることがある。徳井の提案した装飾を、ださい、と魚住が無情にも一蹴《いっしゅう》することもある。余裕を持って作業を進めているはずなのに、なぜか納期の直前には必ず異様に忙しくなる。

「ねえ、あのおじいちゃんたちは釣れてるっぽくない？」

堤防の先に陣《じん》どっている釣り人たちをうらやましげに見やり、魚住がひそひそと言う。

「みたいだな」

「ちょっと聞いてみよっか、どうやったら釣れますかって。うまくしたら、魚も分けてくれるかもしれないし」

「やめとけよ」

若い者が平日の昼間からなにをぶらぶら遊んでるんだ、と眉をひそめられそうだ。徳井たちがゆうべ徹夜で椅子を数脚しあげ、さっき納品してきたばかりなのだと、彼らは知る由もない。

「じゃ、行ってくる。おれの竿《さお》も見ててね」

徳井の反対をまるきり無視して、魚住が腰を上げた。堤防の上をすたすたと歩いていく。

徳井は大きなあくびをひとつもらした。うんと伸びをして、竿の先へと目を戻す。ふたつ仲よく並んだうきが、かすかな波にゆらりゆらりと揺れている。

解説

内田剛

瀧羽麻子は裏切らない。そして『虹にすわる』は実にすわりがいい作品だ。さらに個人的にも非常に思い入れの深い忘れられない一冊でもある。書店員向けに配られた販売促進のためのゲラで出合ったのだが、これは自分のために書かれたオーダーメイドの物語のように感じた。読み進めるほどに高揚感が高まっていく。あまりにもダイレクトに突き刺さったので担当編集者あてに読み終えてすぐに感想を送った。

「とても良かったのでメールします。読み終えて自分の居場所を見つけたというか里帰りした気分になりました。何よりも全編に漂う透明な空気感が大好きです。不器用な登場人物たちが繰り広げる人間模様は決して派手ではありませんが、だからこそ、今まさに横たわっている僕らの悩みとダイレクトに重なって身近に、そして切実に感じられるのかもしれません。冒頭、一人で釣りをしているシーンはラストに二人となり、その先には読者である自分を含めて三人になったような気がします。彼らと一緒に自分のペースでこれからの人生を楽しみながら、虹にすわって夢を見続けていたいと思うのです。素敵な物語を本当にありがとうございました‼」

親本である単行本の発売が２０１９年８月。実際に読んだのはその3か月くらい前であろうか。個人的な話題で大変恐縮なのだが、ちょうどその時が30年ほど勤務していた書店を辞めるべきかどうしようかと本気で思い悩んでいるタイミングであった。ストレスの多い激務のため心技体とも折れてしまっていたことはわかってはいたが、長年培ってきた知見や人脈などが途切れてしまう怖さや、50歳を過ぎての転職の厳しさも肌身で感じていたので吹っ切れないでいた。しかし『虹にすわる』を読んで、リセットする勇気が芽生えた。迷える背中を強く、しかし優しく押されたのだ。

作中の登場人物も転機を迎えた同じような境遇であったが、椅子作りという技術がある。受け継がれる思いもあり、支えてくれる仲間もいる。そして何よりも肝心なのは「夢を持ち続けて」「楽しんでいる」ことだった。何かを生み出すということは本来的に楽しいことである。「書店員が楽しんでいないと本の面白さは読者には伝わらない」そう自分に言い続けて仕事をしてきたが、いつしか書店の業務を楽しめなくなっていた。自分にも目の前のお客様にも嘘をつきながら仕事をしていたことに気づいたのだ。このままではいけない。今一度「読書の楽しさ」を取り戻そう。そのためには組織に属するのではなくフリーとなって作り手と読み手をつなぐ橋渡しの役割ができないだろうかという気持ちが強まった。

これまでピンチを迎えた時には必ず本があった。常に本に救われ続けていたから、今後は本に恩返しをしたい。趣味でもあるPOP作りを通じてこれからの読者を育てることを夢とする……。ぼんやりとしていた眼前の景色が明快に色づいて見えたのである。人生の転機にこの本に出合って良かったと、心の底から思っている。この小説には人を救い、癒す確かな力がある。僕のように環境を変えたいと思っている人にとっては絶好の一冊だ。生きていればさまざまな節目がある。生き方に悩んでいる人にこそ手に取ってもらいたい。再スタートのための有益なヒントが見つかるはずである。

さてかなり遠回りしてしまったが、本書の読みどころをご紹介しよう。

舞台は徳島県のゆったりした雰囲気の海沿いの小さな町。都会の喧騒から離れた地方都市である。まずは『虹にすわる』というタイトルからイメージできるように「すわる」、すなわち椅子が重要なモチーフとなる物語だ。「建築」では大きすぎる。「インテリア」では抽象的すぎる。「家具」では曖昧すぎる。日常の暮らしに欠かせない「椅子」でなければならないのだ。人間の身近にある「モノ」でもっとも生活と一体化し、身体そのものにもフィットする椅子。多かれ少なかれ誰もがきっと、椅子に対する思い出があるだろう。人の存在そのものに寄り添い、記憶や物語と絶妙に相性がいいのが椅子なのである。

本書はそんな椅子に対する深い愛情が随所から感じられて好ましい。「社長の椅子」など人の立場を象徴する代名詞としての椅子。自分の記憶をたどっても、江戸川乱歩『人間椅子』で耽美な世界を知った少年時代。引っ越しの度に買い替える居間のソファー。しっくりいかない職場のビジネスチェアー。横山秀夫『ノースライト』に登場したブルーノ・タウトの椅子。横から見ればアルパカの群れのようなデザインの金沢21世紀美術館のロビーの椅子。岡本太郎のユーモア精神が具現化したアート作品『座ることを拒否する椅子』など。これまで出合った「椅子」にまつわる話題が次次と思い起こされ尽きることがない。本書によってまたひとつ、語り継ぐべき「椅子」が登場したことは嬉しい限りだ。

登場するキャラクターたちの人間味あふれる表情も大きな魅力のひとつだ。メインは男性の職人コンビである。仏壇職人の血を受け継ぎ、才能に恵まれながらも、実家で修理屋をしている徳井。椅子に対する情熱がありながらもうまく立ち回れず、東京の工房を飛び出してしまった魚住。職人気質と芸術家肌、真逆の性格を持つ大学時代の先輩と後輩が再会し、かつての約束にしたがって椅子作りの工房を始める。椅子作りは楽しいが、ただ単に作っているだけでは生活はできない。顧客のニーズに応えて作り、そして売らなければならないのだ。商売を成功させるための創意工夫も読みどころである。「座り手のことをよく知らないと、ぴったりの椅子は作れませんから」という信念はあらゆる仕事にも通じる考え方であろう。どんな椅子であれば買いたくなるのか。自分であれば職人に何をリクエストしようか。ぜひ我が身を重ねて読んでもらいたい。

「あなたの体と心にぴったり合う椅子、作ります」という洒落たキャッチコピーのもと、椅子作りを極めようとする大きな夢に、ささやかだけれども居心地の良い働き場所。魚住は「甘えない、頼らない、投げ出さない」、徳井は「あせらない、考えすぎない、他人のせいにしない」。二人の掲げる三か条はそれぞれの長所も短所もよく捉えている。真剣なだけに個性がぶつかり合ったり協調したりとハラハラの展開が連続するが、誰よりも互いを認め合っており信頼は揺るぎない。この「必要とされている」という事実が人を前向きに進ませる原動力となるのだろう。

ままならない人生と同様に、ぎこちない恋模様も描かれており見逃せないのだが、この物語は不器用な者たちが夢を語りながら懸命に生きるさまを描いた成長譚であるとともに、共感ポイントとリアリティあふれたお仕事小説としても存分に楽しめる。

椅子作り職人たちが活躍する特別な世界が手に取るように伝わってくるが、これは著者の的確な取材の幸せな成果であり真骨頂ともいえよう。『乗りかかった船』は造船会社、『ありえないほどうるさいオルゴール店』と『もどかしいほど静かなオルゴール店』のシリーズはオルゴール職人、『女神のサラダ』では農業に関わる女性たち、『博士の長靴』は気象学者と、とりわけ最近の作品には職業人を取材した好著が目立つことも強調しておきたい。仕事の世界を通じて知られざるその世界の一面を見せつけ、職業人の生きざまから生身の人間の矜持を余すところなく伝えてくれる。物語を楽しみながら新鮮な刺激にみちた極めて上質な社会科見学ができ、驚くほど遠くまで視界が広がっていくのだ。さり気なく仕事の極意と人生の真理を教えてくれる、それが愛すべき瀧羽麻子文学なのである。

導入とラストが魚釣りをしているシーンというのも意味深い。釣りはテクニックも大事だが、天候などその時の運に左右される要素もまた多い。必然と偶然が折り重なって構成される人生と重なるようだ。母なる海は艱難辛苦《かんなんしんく》をすべて呑み込んでくれる。釣りは、大いなる自然と獲物である魚とまっすぐに向き合い、けっして焦らずに待ち続ける覚悟が必要だ。欲や隙を見せれば逃げられるだろうし、穏やかな気持ちを保てば釣果《ちょうか》にもつながるはず。ゆったりとした空間で水面に映った自分自身を見つめ直す貴重な時間が流れる。忙しい日常で立ち止まることの大切さにも気づかせてくれるのだ。

人の営みに対する確かな視線に、思いやりと温もりが伝わる大らかな包容力。清廉な空気の中に理知的な学びがある。入試問題にも頻出するようになった瀧羽麻子の作品はいまもっとも信頼を置くべき物語といって過言ではない。『うさぎパン』でデビューしてから15年。人気と実力を兼ね備えたこの作家の作品群はこれからももっとたくさんの方々に広く、そして深く読まれるべきである。

混沌とした闇に包まれたこの社会の霧を晴らすのはこうした清々しい文学なのである。迷いの数だけ人は優しくなれるし、挫折するほど成長できる。ひどい土砂降りのあとほど晴れ渡った青空は美しく、大空に架けられた虹は鮮やかに光を放つのだ。自分に正直に生き抜くことの素晴らしさを教えてくれ、見たことのない絶景を体感できる物語の余韻を何度でも嚙みしめよう。

夢の続きは読む者すべての頭の中で叶うだろう。そんな『虹にすわる』はきっと座右の一冊となるはずだ。

——ブックジャーナリスト

本作の執筆にあたり、有限会社椅子徳製作所、株式会社宮崎椅子製作所、Workscreator（順不同）の皆様に取材のご協力をいただきました。

また、ハンドメイドマーケットプレイス「Creema」の皆様にも、連載時からご協力いただきました。

あらためて御礼申し上げます。

本文イラスト　榊原直樹

この作品は二〇一九年八月小社より刊行されたものです。
本作はフィクションです。

虹《にじ》にすわる

瀧羽麻子《たきわあさこ》

令和4年8月5日　初版発行

発行人――石原正康
編集人――高部真人
発行所――株式会社幻冬舎
〒151-0051東京都渋谷区千駄ヶ谷4-9-7
電話　03(5411)6222(営業)
　　　03(5411)6211(編集)
公式HP　https://www.gentosha.co.jp/

印刷・製本―中央精版印刷株式会社
装丁者――高橋雅之

検印廃止

幻冬舎文庫

ISBN978-4-344-43219-2　C0193　た-45-5